我的第一本
英文文法

ENGLISH

目錄 Contents

英文文法基本知識

Part 1　詞性

Part 2　基本句型

Part **3** 基本時態

Part **4** 完成式

Part **5** 被動態

Part **6** 不定詞

使用說明

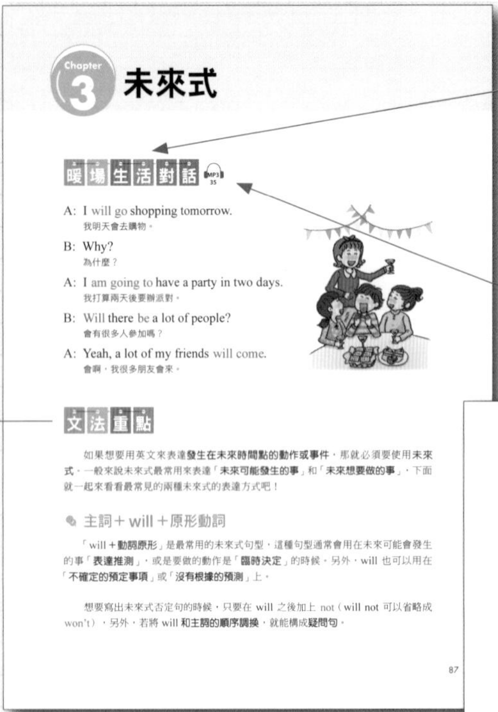

利用**雙人對話**帶出接下來要說明的文法內容，並標示出應該要注意的部分，與生活結合的對話，讓你能將文法與日常生活建立連結，並對接下來要講解的文法留下印象。

外師親錄的**對話MP3**，一邊看一邊聽，對照學習、印象更深刻！

詳細解說**文法重點**，分點分項、逐步解說，讓你更了解文法核心概念、避免誤用。

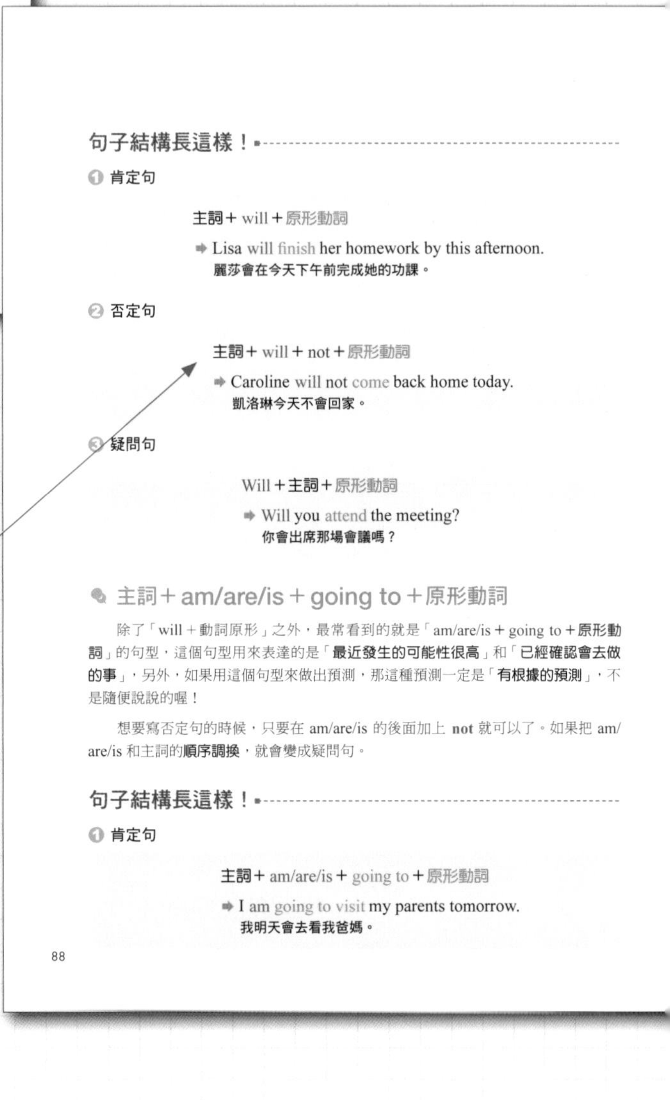

拆解**句子構成元素**，再加上例句對照，正確的句子要怎麼寫，一目了然！

左側書頁內容

Chapter 3 未來式

暖場生活對話 (MP3 35)

A: I will go shopping tomorrow.
我明天會去購物。

B: Why?
為什麼？

A: I am going to have a party in two days.
我打算兩天後要辦派對。

B: Will there be a lot of people?
會有很多人參加嗎？

A: Yeah, a lot of my friends will come.
會啊，我很多朋友會來。

文法重點

如果想要用英文來表達發生在未來時間點的動作或事件，那就必須要使用未來式。一般來說未來式最常用來表達「未來可能發生的事」，和「未來想要做的事」，下面就一起來看看最常見的兩種未來式的表達方式吧！

主詞＋ will ＋原形動詞

「will＋動詞原形」是最常用的未來式句型，這種句型通常會用在未來可能會發生的事「表達推測」，或是要做的動作是「臨時決定」的時候。另外，will 也可以用在「不確定的預定事項」或「沒有根據的預測」。

想要寫出未來式否定句的時候，只要在 will 之後加上 not（will not 可以省略成won't），另外，若將 will 和主詞的順序調換，就能構成疑問句。

87

右側書頁內容

句子結構長這樣！

① 肯定句

主詞＋ will ＋原形動詞

➡ Lisa will finish her homework by this afternoon.
麗莎會在今天下午前完成她的功課。

② 否定句

主詞＋ will ＋ not ＋原形動詞

➡ Caroline will not come back home today.
凱洛琳今天不會回家。

③ 疑問句

Will ＋主詞＋原形動詞

➡ Will you attend the meeting?
你會出席那場會議嗎？

主詞＋ am/are/is ＋ going to ＋原形動詞

除了「will＋動詞原形」之外，最常看到的就是「am/are/is ＋ going to ＋原形動詞」的句型，這個句型用來表達的是「最近發生的可能性很高」和「已經確認會去做的事」，另外，如果用這個句型來做出預測，那種預測一定是「有根據的預測」，不是隨便說說的喔！

想要寫否定句的時候，只要在 am/are/is 的後面加上 not 就可以了。如果把 am/are/is 和主詞的順序調換，就會變成疑問句。

句子結構長這樣！

① 肯定句

主詞＋ am/are/is ＋ going to ＋原形動詞

➡ I am going to visit my parents tomorrow.
我明天會去看我爸媽。

88

了解文法重點之後，再次透過**會話應用**複習一次，這次不再標示出應注意的部分，讓你能試著找出在對話中有運用到前面解說內容的部分，學習更深刻！

會話應用 (MP3 36)

A: What are you going to do this weekend?
這週末你打算要做什麼？
B: Actually, I have no plans.
其實我沒有計畫。
A: Will you join Ted's birthday party?
你會去參加泰德的生日派對嗎？
B: Hmm... not really into it, I'll let you know if I'm going.
嗯……其實我沒有很想參加。如果我要去會再和你說。
A: Then let's keep in touch.
那我們保持聯繫吧。

自己做

1. _____ Alice go to church tomorrow?
愛麗絲明天會去教堂嗎？

2. I am _____ see the doctor this Friday.
這禮拜五我要去看醫生。

3. She _____ go to work tomorrow morning.
明天早上她不會去工作。

4. Lisa _____ attend the conference next Wednesday.
麗莎打算參加下周三的會議。

解答：1. Will 2. going to 3. will not 4. is going to

90

❷ 否定句

主詞＋am/are/is＋not＋going to＋原形動詞

➡ Alice is not going to buy the bag.
艾莉絲不打算買那個包包。

❸ 疑問句

am/are/is＋主詞＋going to＋原形動詞

➡ Are you going to see the movie tomorrow?
你明天要去看電影嗎？

充電站

will 與 am/are/is going to 的用法差異

1. 兩者都可以用在「預測未來」的狀況，但 am/are/is going to 所表達的是「有根據的預測」。

- It will rain. 要下雨了。 ➡ 晴空萬里下做的推測
- It is going to rain. 要下雨了。 ➡ 烏雲密布下做的推測

2. will 可使用於「臨時決定」或「突然改變」的狀況，而 am/are/is going to 表達的通常是「原先就策劃好」的預定事項。

- Sally is going to the party. I will go there, too.
莎莉會去那個派對，我也會去。

➡ 由 will 與 am/are/is going to 之間的用法差異可以知道，Sally 本來就要去那個派對，而說話的人之前是不想去的，不過現在改變心意要去了。

89

只是看懂還不夠，文法要能夠實際運用才是真正學會！利用小練習**自己做**做看，檢驗學習成果，一步一步確實學好英文文法！

在文法重點裡沒說到、但也很重要的文法小知識，放在**充電站**裡詳細講解！

Start! 英文文法基本知識

1 主詞和動詞的一致

英文裡動詞的狀態會隨著主詞的不同而跟著改變，這種原則就叫做「**主詞動詞一致**」，例如 We come 和 He come**s**。在英文裡，大部分的動詞在現在式的時候，只有在碰到「**第三人稱單數的主詞**」時會有變化。

什麼叫做「**第三人稱**」呢？就是 He（他）／She（她）／It（它）／Joseph 等除了自己（I）和談話對象（you）以外的主詞，也就是除了我和你以外的第三人，這些主詞如果是單數，就是「**第三人稱單數**」了。

第三人稱單數在現在式的時候，它後面所搭配的動詞就會產生許多不同的變化，例如字尾加上了 s 或 es，我們在之後會再詳細說明第三人稱單數的 s 的變化是什麼。

一般動詞對應不同的時態，應該搭配的各種動詞形態，可以參考下面這個表格，其中過去式和完成式的動詞變化，我們之後會再詳細解說，現在先看一下、稍微有點印象就好！

	單數			複數		
	現在式	過去式	完成式	現在式	過去式	完成式
第一人稱	I sing	I sang	I have sung	We sing	We sang	We have sung
第二人稱	You sing	You sang	You have sung	You sing	You sang	You have sung
第三人稱	He/She/It sings	He/She/It sang	He/She/It has sung	They sing	They sang	They have sung

Be 動詞遇到不同的主詞、不同的時態，也都會有不一樣的形態，就像下面表格中所表示出來得那樣。

	單數			複數		
	現在式	過去式	完成式	現在式	過去式	完成式
第一人稱	I am	I was	I have been	We are	We were	We have been
第二人稱	You are	You were	You have been	You are	You were	You have been
第三人稱	He/She/It is	He/She/It was	He/She/It has been	They are	They were	They have been

◆ 為了讓語意明確，相對應的主詞與動詞一致是很重要的，但是有幾種情況發生的時候，常常會讓人很容易忽略這件事，例如：

❶ 當主詞和動詞被其他字詞分開的時候，也就是主詞和動詞離得很遠的時候

The student in the park has a dog.

在公園的學生有一隻狗。

❷ 當主詞位在 There + be動詞（is、are、was、were、will be）之後

There is **a dog** running in the park.

在公園有一隻狗在奔跑。

❸ 集合名詞當作主詞的時候要視為單數

The **team** is gathering now.

這個團隊正在集合。

❹ 不定代名詞當作主詞的時候要視為單數

Everybody is writing now.

所有人都正在寫作。

❺ 動作的執行者（主詞）是團體中的一分子

One of them has a cat.

他們的其中一員有一隻貓。

❻ 主詞是分數、百分比、不定量詞（all、few、many、much、some）時，動詞形態要與動詞前面緊接著的名詞或子句一致。當前面的名詞或子句為單數或是不可數時，要使用單數動詞。

One-third of the **article** was written by Keven.
這篇文章的三分之一是由凱文所寫的。

Half of **what he writes** is missing.
有一半他所寫的東西不見了。

All the **information** is missing.
所有的資訊都不見了。

注意! 當前面的名詞為複數的時候，就要使用複數動詞。

One-third of the **students** have the degree.
三分之一的學生有這學位。

All the **studies** are missing.
所有的研究都不見了。

❼ 當前面的名詞是集合名詞的時候，要用單數或複數動詞取決於是否要強調集合名詞裡的個體還是整體，例如 family 指「所有的家人」時就要用複數動詞，如果單指「其中一個家人」的時候，就要用單數動詞。

Half of my **family** live/lives in the US.
我一半的家人住在美國。

All of the **class** is/are here.
班上的所有人都在這裡。

2 第三人稱單數的 s

一起來看看底下的這兩個句子，有沒有發現動詞的樣子長得好像和字典上不太一樣呢？

He exercise**s** every day.
他每天運動。

Melissa cri**es** for Ted often.
曼麗莎經常為了泰德哭。

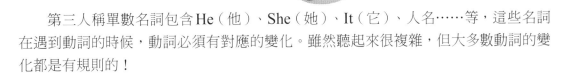

第三人稱單數名詞包含 He（他）、She（她）、It（它）、人名……等，這些名詞在遇到動詞的時候，動詞必須有對應的變化。雖然聽起來很複雜，但大多數動詞的變化都是有規則的！

以下為規則：

❶ 字尾為 –s / -sh / -ch / -x / -o 時，加 es

brush → brush**es**（刷）、watch → watch**es**（看）、fix → fix**es**（修）

go → go**es**（去）、pass → pass**es**（通過）

❷ 字尾為「子音＋y」時，要先去掉字尾的 y 再加上 ies

study → stud**ies**（唸書）、rely → rel**ies**（依賴）

❸ 多數動詞只需要把字尾直接加上 s

cook → cook**s**（煮）、write → write**s**（寫）、clean → clean**s**（清掃）

enjoy → enjoy**s**（享受）、boy → boy**s**（男孩）

注意！ enjoy 與 boy 字尾不是「子音＋y」而是「母音＋y」，
所以字尾直接加上 s

❹ 不規則變化

have → **has**（有）、be → **is**（是／成為）

3 句子種類

在英文裡有五種句子，分別是 ① 肯定句、② 否定句、③ 疑問句、④ 感嘆句、⑤ 祈使句，下面就一起來看看吧！

❶ 肯定句：沒有 not、no 等否定詞與問號的句子。

I live in Taiwan.

我住在台灣。

She is a very beautiful girl.

她是一個非常漂亮的女孩。

❷ 否定句：在 Be 動詞或助動詞後面加上副詞 not 就會變成否定句。

I don't want to go.

我不想去。

I am not a Japanese.

我不是日本人。

注意！ 與 not 同樣具有否定意味的常見副詞有：never（從未）、seldom（極少）、hardly（幾乎不）、rarely（極少）等等，當在句子裡看到它們，就表示這個句子也是否定句喔！

❸ 疑問句：在句尾帶有問號的句子，通常必須要用 Yes/No 來回答，或者回答被詢問的內容。

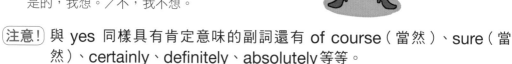

Q: Are you a student?

你是學生嗎？

A: Yes, I am. / No, I am not.

是的，我是。／不，我不是。

Q: Do you like to be an actor?

你想要當一位演員嗎？

A: Yes, I do. / No, I don't.

是的，我想。／不，我不想。

注意！ 與 yes 同樣具有肯定意味的副詞還有 of course（當然）、sure（當然）、certainly、definitely、absolutely 等等。

❹ 感嘆句：用來表示驚訝或感動等情緒的句子，像是看到漂亮的花，我們會說「多麼漂亮的花啊！」。這種表達「多麼～啊！」意義的句子就是感嘆句。

- 驚訝或感動等情緒針對的對象是「形容詞＋名詞」時，會使用「What＋（a[an]）＋形容詞＋名詞＋主詞＋動詞！」的句型

What a beautiful girl she is!
她是多麼漂亮的女孩啊！

What a cute dog this is!
多麼可愛的狗啊！

- 對於「形容詞或副詞」的程度等感到驚訝或感動時，則使用「How＋形容詞［副詞］＋主詞＋動詞！」的句型。

How beautiful she is!
她多麼漂亮啊！

How cute this dog is!
這隻狗多麼可愛啊！

❺ 祈使句：想要表達「命令」或「禁止」時，就會用到祈使句。祈使句會以動詞原形（沒有任何變化的動詞）開頭，而如果是要表達禁止，則在表示命令的句子前面加上 Don't。

Clean your room.
把你的房間清乾淨。

Don't go to the party.
不准去那個派對。

4

數字的基數與序數

英文裡的數字可以分為「**基數**」與「**序數**」，基數就是 one、two、three...（1、2、3……），而序數就是有「**順序性**」的數，例如 first、second、third...（第一、第二、第三……）。如果只是單純表達大小、數量，會使用基數，而如果想要表達日期或者順序時，就會使用序數。

基數 → 序數的變換規則

不規則的序數只能麻煩各位記下來了，像是 first（第一個的）、second（第二個的）、third（第三個的）。但是大部分的基數要變成序數，是有規則可循的。

從表達**第四個**的 fourth 開始，只要在**基數字尾加上** th 即可，但是在變化上有些地方必須要注意：

- 直接加上 th，例：sixth（第六個的）、eleventh（第十一個的）
- 字尾是 t，直接加上 h，例：eighth（第八個的）
- 字尾是 e，先去掉 e，再加上 th，例：ninth（第九個的）
- 字尾是 ty，直接去掉 y，再加上 ieth，例：thirtieth（第三十個的）
- 字尾是 ve，去掉 ve 改成 f，再加上 th，例：fifth（第五個的）
- 在 20 以後的整數，只要**把個位數變成序數，中間再加上個連號即可**，例：twenty-one → tweny-first（第二十一個的）、forthy-three → forthy-third（第四十三個的）。

使用序數時須注意的規則

❶ **在序數之前一定要加上**定冠詞 the 或所有格

Melissa is the second child of our family.
梅麗莎是我們家的第二個小孩。

❷ **序數當**副詞**時，前面就**不需要放定冠詞 the 與所有格

Who finished the work ~~the~~ first?
誰第一個把工作做完了呢？

❸ **序數如果跟基數同時出現，**序數必須放在基數的前面

The first three minutes of the movie were boring.
電影的前三分鐘真的很無聊。

❹ **使用序數的時機**
- 樓層：the second floor（二樓）、the fourth floor（四樓）
- 日期：July thirty-first（7 月 31 號）、March tenth（3 月 10 號）
- 分數：1/3 → one third、3/5 → three fifths、3/4 → three fourths
- 週年：twentieth birthday（第二十個生日）

常用到的基數與序數

基數	數字寫法	序數	序數寫法
1	one	第1	first
2	two	第2	second
3	three	第3	third
4	four	第4	fourth
5	five	第5	fifth
6	six	第6	sixth
7	seven	第7	seventh
8	eight	第8	eighth
9	nine	第9	ninth
10	ten	第10	tenth
11	eleven	第11	eleventh
12	twelve	第12	twelfth
13	thirteen	第13	thirteenth
14	fourteen	第14	fourteenth
15	fifteen	第15	fifteenth
16	sixteen	第16	sixteenth
17	seventeen	第17	seventeenth
18	eighteen	第18	eighteenth
19	nineteen	第19	nineteenth
20	twenty	第20	twentieth
21	twenty-one	第21	twenty-first
30	thirty	第30	thirtieth
40	forty	第40	fortieth

50	fifty	第50	fiftieth
60	sixty	第60	sixtieth
70	seventy	第70	seventieth
80	eighty	第80	eightieth
90	ninety	第90	ninetieth
100	one hundred	第100	one hundredth
1,000	one thousand	第1,000	one thousandth
10,000	ten thousand	第10,000	ten thousandth
100,000	one hundred thousand	第100,000	one hundred thousandth
1,000,000	one million	第1,000,000	one millionth
1,000,000,000	one billion	第1,000,000,000	one billionth

詞性

名詞

暖場生活對話 MP3 01

A: Hi! I am Ken. I just moved here from Africa.
嗨，我是肯。我剛從非洲搬過來。

B: Hi Ken. I am Ricky.
嗨，肯。我是瑞奇。

A: Hey! What is that?
嘿！那是什麼？

B: It's a basketball. Do you want to play?
這是顆籃球。你想打嗎？

A: No, maybe next time. The weather is too hot.
不了，也許下次吧。天氣太熱了。

文法重點

像是「人」、「事」、「物」、「地」或「無形的概念」都是名詞的一份子，例如人名中的 Tom（湯姆）、物品中的 chair（椅子）和無形的概念 theory（理論）。

如果是世界上唯一一個的名詞，像是 France（法國）、China（中國）等字，就叫做「**專有名詞**」，而其他的名詞就叫做「**普通名詞**」。

💬 專有名詞

專有名詞是**獨特的特定名詞**，因為喜歡表達自己獨特的身份，所以**開頭字母必須要大寫**，例如：Taipei 101（台北101）、Wednesday（星期三）、Facebook（臉書）、Steve Jobs（史蒂夫·賈伯斯）等。此外，專有名詞不屑與普通名詞為伍，所以**前面不會加冠詞或數量詞**，所以不會產生像是 a Taipei 101, two Taipei 101s 的這種情況。

普通名詞

普通名詞對比於專有名詞，是如同平民般的存在，並**不是唯一存在的名詞**，開頭字母也不必大寫，而且**前面必須加上冠詞或數量詞**。例如：a pen, two pens。大多數的名詞都是普通名詞。

普通名詞可以分成下面四種：

① 個體名詞：
個體名詞就是**人、事、物**。例如：girl（女孩）、birthday（生日）、dog（狗）等。

② 集體名詞：
集體名詞就是由**兩個以上的相同屬性個體（人或動物）**組成的，像是多人組成的 audience（觀眾）、class（班級）、family（家庭）。

③ 物質名詞：
物質名詞就是**肉眼無法分辨數量，且無法被分離為個體**的物質。例如：air（空氣）、sunshine（陽光）、wind（風）。

④ 抽象名詞：
抽象名詞指的是在**生活中肉眼看不到也摸不到，沒有實體**的「動作」、「狀態」、「質量」、「情感」的**抽象概念**。例如： time（時間）、friendship（友誼）、love（愛）、courage（勇氣）。

⚡ 充電站

名詞可以被分成「可數名詞」以及「不可數名詞」。

● **可數名詞**
可數名詞就是可以一個一個數出來的名詞。因為可以數，所以會有單複數的區別。大家可以把大致的規則記下來：**個體名詞與集體名詞通常為可數名詞。**

單數名詞要怎麼變成複數名詞呢？

1. 一般情況下，可數名詞很合群地只要在**字尾加上 -s**，就成為了複數名詞
map → maps（地圖） apple → apples（蘋果） girl → girls（女孩）

2. 但是有些可數名詞比較任性，想成為複數就需要特殊規則

❶ **字尾是 s、sh、ch、x、z** 的時候，如果直接在字尾加上 -s，會很難發出讓人能夠辨認出是複數的音（例如變成 buss、watchs），所以要在字尾加上 -es

bus → buses（巴士）　watch → watches（手錶）

witch → witches（女巫）　box → boxes（盒子）

❷ 當**字尾是 o** 時，會出現兩種情況：

A. 在字尾直接加上 -s：

photo → photos（照片）　radio → radios（收音機）

zoo → zoos（動物園）

B. 在字尾直接加上 -es：

potato → potatoes（馬鈴薯）　tomato → tomatoes（番茄）

❸ **字尾是 f 或 fe** 時，會出現有兩種狀況，這裡必須要好好記下來：

A. 在字尾直接加上 -s：

roof → roofs（屋頂）　belief → beliefs（信仰）

B. 去掉字尾的 f 或 fe，再加上 –ves

knife → knives（小刀）　thief → thieves（小偷）

❹ **字尾是 y** 的時候，會有兩種狀況：

A. 若 y 前面一個字母是子音，則去掉 y 加 -ies：

baby → babies（嬰兒）　lady → ladies（女士）　city → cities（城市）

B. 若 y 前面一個字母是母音，則直接加 -s：

boy → boys（男孩）　day → days（日子）　toy → toys（玩具）

3. 有些名詞變成複數的時候，看起來就像是一個新的單字，
這就是**不規則變化**

❶ 集體名詞：這種名詞**看起來像是單數**，但其實**意思與文法上都是複數**。例如
police（警察）、cattle（牛群）、people（人們）。大家參考下面的例句，可以
發現這些名詞搭配的都是與複數名詞搭配的動詞。

The police are tough.　警察很強勢。

People are running.　人們在奔跑。

❷ 單數複數同形：這種名詞不喜歡改變，**單數與複數長得一樣**。例如 fish（魚）、
deer（鹿）、sheep（綿羊）等。

❸ 沒有規則的變化：這些名詞走特立獨行的風格，變化的方式不被規則拘束。最
常見的有 child → children（小孩）、foot → feet（腳）、tooth → teeth（牙
齒）、man → men（男人）、woman → women（女人）等。

可數名詞與限定詞是生命共同體。大家有注意到可數名詞前都會加個 any 或者是 two（如 any child, two children）嗎？這邊的 any 和 two 就是所謂的限定詞。限定詞就像個標籤，用來表達**名詞數量**或者**指定特定的對象**。限定詞與可數名詞的搭配就像下面表格顯示的這樣：

單數	複數	限定詞	意義
a dog	dogs	a	一個
any dog	any dogs	any	任何
some dog	some dogs	some	某個、一些
the dog	the dogs	the	那個／那些
his/her dog	our dogs	his/her, our	他／她的、我們的
one dog	two dogs	one, two	一個、兩個
this dog	these dogs	this, these	這個、這些

例如 These dogs are cute.（這些狗很可愛。），這個例句中所表達出的意思是可愛的只有「這些狗」，而不是「全部的狗」都很可愛。又如同 A car always has an engine.（車子總有一個引擎。）這句話裡沒有特別指出是哪部車子裡面有引擎，而是廣泛的說明一個「全部車子」都有引擎的狀況。

● 不可數名詞

不可數名詞就是「肉眼數不出來的名詞」，像是**無法分割的物質或概念**，因此也沒有單複數的區別。**物質名詞、抽象名詞、專有名詞**都是不可數名詞。例如 advice（建議）、water（水）、wealth（財富）、bread（麵包）、attention（注意力）、milk（牛奶）等。

不可數名詞的前面不需要有限定詞，例如 Birds eat bread.（鳥吃麵包。），bread 的前面就沒有限定詞。但如果想要表示單位數量時，前面經常會用「a ~ of~」來表示，像是 a bottle of water（一瓶水）、a cup of milk（一杯牛奶）、a piece of advice（一項建議）。

A: Hi! I am Joseph. Nice to meet you!
嗨！我是喬瑟夫。很高興見到你！

B: Hi, I'm Ray, and this is my dog Tyler.
嗨，我是瑞，這是我的狗泰勒。

A: Wow! He's so cute, what breed is he?
哇！他好可愛，他是什麼品種啊？

B: Oh, he's a mixed-breed. I adopted him from a shelter.
噢，他是米克斯，我從收容所領養他的。

A: Can I take a picture of him?
我可以幫他拍張照片嗎？

B: Sure!
當然！

自己做

1. Please let me give you a piece of _____.
   請讓我給你一點建議。

2. The _____ likes to eat _____.
   那隻貓喜歡吃麵包。

3. Give me a _____ of _____.
   給我一杯水。

幫答：1. advice 2. cat, bread 3. glass, water

Chapter 2 動詞

暖場生活對話 🎧 MP3 03

A: Hi! I am Joseph.
我是喬瑟夫。

B: Nice to meet you. Just call me Ray.
很高興見到你，叫我瑞就好。

A: Do you like playing basketball?
你喜歡打籃球嗎？

B: Sure! And I like to watch NBA, too!
當然！而且我也喜歡看NBA！

A: Maybe we can watch a game together next time.
也許我們下次能一起看比賽。

文法重點

　　動詞用來表達主詞的狀態和主詞做出的動作，如果一個句子裡沒有動詞，那麼通常無法完整表達意思。例如 Romeo, Juliet.（羅密歐、茱麗葉）的中間得加上一個動詞 love（愛）變成 Romeo loves Juliet.（羅密歐愛茱麗葉）才能夠完整表達意思。

　　動詞主要可以分成三類：**Be 動詞**、**一般動詞**和**助動詞**。我們在這裡主要討論的是 Be 動詞和一般動詞，助動詞我們在後面再來詳細討論。

💬 一般動詞

一般動詞可以分成**及物動詞**與**不及物動詞**。

- **Birds sing.** 鳥唱歌。

➡ <u>Birds</u> 鳥 ＋ <u>sing</u> 唱歌
　 主詞　　　　不及物動詞

不及物動詞是個獨立的孩子，後面就算沒有接受動作的對象（也就是受詞），也可以表達完整的意思。在上面例句中的 sing，大家可以想成「唱歌不一定要有聽眾（受詞），自己唱也可以」。除此之外，**動詞也會隨著主詞變化**。如果**主詞是第三人稱單數**（除了「你」和「我」之外，其他的單數主詞），則**動詞會根據規則在字尾加上 s/es/ies**。

- **Birds like singing. = Birds like to sing.** 鳥喜歡唱歌。

➡ <u>Birds</u> 鳥＋<u>like</u> 喜歡＋<u>singing</u> 唱歌這件事
   主詞   及物動詞   Ving

及物動詞一定得跟他的受詞朋友黏答答地一起出現，才能完整表達意思。例如，在使用及物動詞 like 的時候，後面要加「**to ＋原形動詞**」或 **Ving**，其實可以把這兩者看成是被當成受詞的名詞概念。這種情形在其他及物動詞上也會發生喔！這個時候，「to ＋原形動詞」或 Ving 就和下面例句裡動詞後面的名詞受詞 the woman 是同樣的地位。

- **The man loves the woman.** 那位男士愛那位女士。

➡ <u>The man</u> 男士＋<u>loves</u> 喜愛＋<u>the woman</u> 那位女士
   主詞   及物動詞   受詞

另外，同一個動詞可能同時會有及物與不及物的用法，而且有的時候也會隨著及物不及物而有意義上的不同，這部分大家就得靠著日積月累地熟悉每個動詞的用法來搞清楚囉！

💬 Be 動詞

Be 動詞就像變色龍，比起一般動詞的變化複雜得多。請大家先注意 Be 動詞在遇到不同人稱的主詞時，會發生不同的變化，這部分我們在前面的「主詞和動詞的一致」單元裡有詳細解說，大家可以先複習一下，或是參考底下簡單整理好的表格喔！（下表中過去式與現在完成式的部分，會在 Part 3 和 Part 4 完整解說）

主詞	現在式	過去式	現在完成式
I（我）	am	was	been
He/She（他／她）	is	was	been
We（我們）	are	were	been
They（他們）	are	were	been
You（你/你們）	are	were	been

Be 動詞在不同情形下也會改變自己的意思，一起來學習基本概念吧！

① **Be** 動詞＋名詞：表達「是～（身份／職位）」

- I am Beyonce. 我是碧昂絲。（身分）

- Mike is a teacher. 麥可是老師。（職位）

② **Be** 動詞＋形容詞／Ving：表達「處於～的狀態／本質」、「正在進行～的動作」

- Jolin is very beautiful! 裘琳超漂亮！（處於「漂亮」的狀態）

- Max is studying. 麥克斯正在讀書。（正在進行「讀書」的動作）

注意！ Be 動詞＋Ving 可以用中文的方式解讀成一個人「正在做～某個動作」的動作。

③ **Be** 動詞＋介系詞＋地點：表達「在～（某個地方）」

- Caroline is in the living room. 凱洛琳在客廳。（在「客廳」這個地方）

- A book is on the table. 一本書在桌上。（在「桌子」這個地方）

聽過加拿大歌手艾薇兒的 Nobody's home（沒有人在家）嗎？這首歌名字裡的 's 就是 Be 動詞 is 的應用喔！

⚡ 充電站

一般動詞除了分成及物與不及物動詞之外，常見的類別還有授與動詞、使役動詞、感官動詞、連綴動詞，一起來看看他們的使用說明吧！

- **授與動詞**
  授與動詞從字面上來看，就是用來表示**「給人東西」**的及物動詞，它的後面會接**給予的東西（直接受詞）**與**給予的對象（間接受詞）**。通常會以「給予的對象 → 給予的東西」的順序出現，給予的對象和給予的東西的位置可以互換，但互換位置後，東西和對象之間要加入新夥伴 to/for。這邊也可以利用中文說話的順序來思考，拿「give an apple（給一顆蘋果）」為例，可以寫成：

  - I give you an apple. 我給你一顆蘋果。

  ➡ I give an apple **to** you. 我把一顆蘋果給你。

▲ 如果 give 後先接給的對象，則在對象的後面直接加上給的東西（蘋果）就可以清楚的表達意思。在第二個句子裡的 to 是**介系詞**，用來表達「**給誰**」的方向性，因為給東西一定是有一個接收對象的，所以如果 give 後面先接東西（蘋果），則要加上 to 表示「給的對象」。其他的授與動詞還有 cause（造成）、teach（教導）、bring（帶）等等。（授與動詞在 Part 2 還會更詳細地說明唷！）

● 使役動詞

使役動詞用來表達「**命令**」和「**請求**」，用法是「**主詞＋使役動詞＋受詞＋原形動詞**」。特別要注意的就是受詞後面接的是原形動詞，例如：The teacher made you clean the floor.（老師要求你去掃地）、The girl lets the dog leave.（女孩讓那隻狗離開），因為是一種命令，所以命令出來的動作就必須是不拖泥帶水的原形。最常見的使役動詞有 have、make、let。

● 感官動詞

感官動詞就是用來表達「**五官的感受和動作**」，在使用的時候要以「**主詞＋感官動詞＋受詞＋原形動詞／Ving**」的方式來用，要記得它的後面加上的動詞得是**原形動詞或 Ving**，這裡可以用感官動詞所表達的意思來思考，例如：

● I hear the girl scream/screaming. 我聽到女孩尖叫。

這個句子可以想成「我聽到女孩尖叫」或「我聽到女孩**正在**尖叫」，所以不論是原形動詞還是 Ving 都可以，但使用 Ving 的句子會更有「女孩還在尖叫」的畫面感。常見的感官動詞包含 hear（聽）、see（看）、watch（看）、feel（感覺）等等。

● 連綴動詞

當我們想表達某物「～起來～」（例如「看」起來「很美」）的時候，就必須用到**連綴動詞**了。連綴動詞有兩種使用方式：

1. 主詞＋連綴動詞＋形容詞

● The music sounds amazing! 這音樂聽起來超棒！

2. 主詞＋連綴動詞＋ like ＋名詞

● The bread tastes like meat. 這麵包嚐起來像肉。

常見的連綴動詞有 sound（聽起來～）、look（看起來～）、taste（嚐起來～）、feel（感覺起來～）、smell（聞起來～）。

會話應用 🎧 MP3 04

A: Oh, I am hungry.
噢，我好餓。

B: Me too, I am so glad that the class is finally over.
我也是，我好高興課終於結束了。

A: Hey, do you want to go to lunch with me?
嘿，你想和我一起吃午餐嗎？

B: Sure, I want to eat something that tastes good.
好啊，我想吃好吃的東西。

A: By the way, don't forget your book – it is under your seat.
對了，別忘了你的書——它在你的座位底下。

B: Oh, right. I totally forgot it!
喔對，我完全忘了它！

自己做

1. The birds _____ in the morning.
那些鳥在早上唱歌。

2. It _____ great! I love it.
聽起來很棒！我喜歡。

3. Mom _____ in the living room.
媽媽待在客廳。

4. They _____ students.
他們是學生。

5. Do you _____ some coffee?
你想要一點咖啡嗎？

解答：1. sing 2. sounds 3. stays 4. are 5. want

27

暖場生活對話 🎧MP3 05

A: Jenny is beautiful!
珍妮好漂亮！

B: Yes, she looks stunning. And she is a professional model.
是啊，她看起來令人驚艷。而且她還是個專業模特兒。

A: Wow, she really stands out from her peers.
哇，她真的是比同儕們更傑出。

B: I want to be as successful as her.
我也想跟她一樣成功。

A: Well, we can try something new.
這個嘛，我們可以嘗試些新事物。

文法重點

　　形容詞是名詞的裝飾品，其實在文法上形容詞不是必要存在的元素，但就像首飾一樣，有了形容詞就可以讓句子變得更加生動、內容更加具體明確。形容詞用來修飾「名詞」與「代名詞」，目的在於讓被修飾的對象變得更具體，而且提供更多的訊息給正在聽你說話的人。

　　形容詞通常會以下面幾種情形出現：

❶ 形容詞＋被修飾的名詞

- She keeps a dog. 她養了一隻狗。

➡ She keeps a cute dog. 她養了一隻可愛的狗。

　　加上了一個形容詞 cute（可愛的）來修飾 dog（狗），就能夠提供聽你說話的人更多資訊，知道她養的不只是狗，還是一隻可愛的狗。

❷ something/anything/everything/nothing（不定代名詞）＋形容詞

不定代名詞通常代表不明確、沒有指定對象的人事物，這些不定代名詞的個性與形容詞犯沖，**如果要加形容詞，只能加在不定代名詞的後面**。

- Tommy wants to try something new. 湯米想要嘗試新的事物。

- Sophie likes everything challenging. 蘇菲喜歡所有有挑戰性的事。

❸ 連綴動詞＋形容詞

連綴動詞與形容詞是好朋友，所以**連綴動詞的後面會直接加上形容詞**，常見的連綴動詞有 be 動詞（是／成為）、seem（似乎／好像）、become（變成）、go（成為）、turn（變成）等等。

- Ray's face always turns red. 瑞總是紅著臉。

- Cindy seems very busy. 辛蒂似乎非常忙碌。

❹ 主詞1＋be 動詞＋as＋形容詞＋as＋主詞2

這個用法是用來表達「主詞 1 和主詞 2 一樣～」，例如：

- **Jessica is as beautiful as her mother (is).** 潔西卡和她的母親一樣美。

➡ <u>Jessica</u> ＋ <u>is</u> ＋ as ＋ <u>beautiful</u> ＋ as ＋ <u>her mother</u>
　主詞1　　be 動詞　形容詞　　　　　主詞2

在使用的時候要注意如果在「主詞 2」的位置放的是「代名詞」，就必須使用主格代名詞（主格代名詞就是用來替代主詞的詞），而主格後的 Be 動詞可省略，就像上面的例句那樣。

注意! 無論修飾的名詞是單數還是複數，形容詞都不會有任何改變。

- The dog is beautiful. 那隻狗很漂亮。

➡The dogs are beautiful. 那群狗很漂亮。

⚡ 充電站

- **複合形容詞**

複合形容詞是**由兩個或兩個以上單字**所組成的形容詞。下面我們就來介紹複合形容詞的規則吧！

複合形容詞的組成規則

1. 形容詞 – 名詞 + -ed

不是所有名詞都可以套用這個規則來生成複合形容詞。在這種複合形容詞中的名詞必須是「**後方被形容名詞的一部份**」才可以，例如 a round-fac**ed** man（圓臉的男人），因為 face（臉）是 man（男人）身體的一部份，這個用法才成立。如果寫成 a yellow-glov**ed** man 就不成立，因為 glove（手套）不是 man（男人）身體的任何一部份。

2. 數字 – 單位

單位名詞前面加上數字，也可以成為複合形容詞，但這裡的**單位名詞切記一定要用單數**。例如 That is a four-floor building.（那是一個四層樓高的建築物）裡的 four-floor 就是複合形容詞。

注意! 接下來的規則 3、4、5中，現在分詞是「Ving」，過去分詞是「Ved」。「及物動詞」會變成Ved，而「不及物動詞」則變成Ving

3. 形容詞 – 現在分詞／過去分詞

在這個規則下，**形容詞後面連接的會是由動詞變化而來的分詞**。如果要表示「**主動**」的意思，就會變成「**現在分詞**」，例如 Nina is such a good-look**ing** woman.（妮娜是一個如此好看的女人），這邊的 woman（女人）自己就是 good-looking（好看的），而不是因為別人「看」的動作對她造成影響，才讓她變好看，因此要用「現在分詞」。

如果要表示「**被動**」的意思，就得用「**過去分詞**」，像是 That is a yellow-paint**ed** house.（那是一個被漆成黃色的房子），這邊的 house（房子）自己沒有

辦法油漆自己，一定是被別人漆成黃色的，所以就必須用表示被動的過去分詞 yellow-painted（漆成黃色的）。

4. 副詞 - 現在分詞／過去分詞

這個規則和上面的「形容詞-現在分詞／過去分詞」相似，只是這裡要把前面的形容詞換成副詞，後面連接的一樣是由動詞變化而成的分詞，並依句意選擇要用「**現在分詞**」還是「**過去分詞**」，例如 Melisa is a hard-work**ing** student.（梅麗莎是一個努力的學生），因為是表示 Melisa 自己「**主動**」努力，而不是被其他人影響，因此 hard 後面連接的是現在分詞 working，寫成 hard-working，而在 Rita is a deeply-lov**ed** girl.（麗塔是個被深愛的女孩）這句話裡，因為有 Rita「**被深愛**」這種受他人影響的**被動**意義，所以 deeply 後面接的是過去分詞 loved，寫成 deeply-loved。

「**主動**」努力
➡ hard-working

「**被**」深愛
➡ deeply-loved

5. 名詞 - 現在分詞／過去分詞

這個規則和上面兩個規則相似，只是這裡要把形容詞換成名詞，後面同樣連接由動詞變化而成的分詞，並依句意選擇要用「**現在分詞**」還是「**過去分詞**」。例如 It is a heart-break**ing** story.（這是一則令人心碎的故事），因為是表示 story（故事）很令人心碎的「**主動**」意思，因此要寫成 heart-breaking，而 Those bags are hand-**made**.（那些包包是手工的）這句話裡，bags（包包）是「**被**」做出來的，因此要用 hand-made。

A: Miranda is really beautiful.
米蘭達真的好美。

B: I think Caroline is as good-looking as she is.
我覺得凱洛琳跟她一樣好看。

A: There is something surprising about her.
有件關於她的事情很令人驚訝。

B: What's that? I am all ears.
是什麼呢？說來聽聽。

A: We were a couple.
我們曾是一對情侶。

B: I don't buy it.
我不信。

自己做

1. My cat is very _____.
我的貓很可愛。

2. Jason likes _____ girls.
傑森喜歡漂亮的女生。

3. Taylor is _____ pretty _____ Katy.
泰勒跟凱蒂一樣美。

4. Melissa _____ really busy.
瑪莉莎似乎真的很忙。

解答：1. cute 2. beautiful 3. as, as 4. seems

 副詞

暖場生活對話 🎧 MP3 07

A: The man over there is really strange.
那邊那個男人真的好奇怪喔。

B: He comes here every day.
他每天都會來這裡。

A: Yes, and he always smiles at me weirdly.
對，而且他每次都會奇怪地對我微笑。

B: That is literally very creepy.
那真是非常令人毛骨悚然。

A: Maybe I should send him away.
也許我該請他出去。

文法重點

　　副詞可以修飾「**動詞**」、「**形容詞**」及「**其他副詞**」，在句子裡面副詞的存在不是必要的，因為不管有沒有副詞都可以構成正確的句子。但有沒有副詞會影響我們在表達上的明確性及語氣強弱的程度，而副詞可用來表達「**地方**」、「**時間**」、「**程度**」、「**頻率**」和「**情態**」。

　　下面就來看看一般句子加上副詞後會有什麼改變吧！

* Paul goes jogging. 保羅去慢跑。

➡ Paul goes jogging outside. 保羅去**外面**慢跑。

▲表達去慢跑的「地方」→ outside（在外面）修飾了 goes jogging

* Ray went to gym. 瑞去了健身房。

➡ Ray went to gym last night. 瑞**昨晚**去了健身房。

▲表達去健身房的「時間」→ last night（昨晚）修飾了 went to gym （去了健身房）

- Samantha is beautiful. 莎曼莎是漂亮的。

➡ Samantha is extremely beautiful. 莎曼莎是**極度**漂亮的。

▲表達漂亮的「程度」→ extremely（極度地）修飾了 beautiful （美麗的）

- I go to the swimming pool. 我去游泳池。

➡ I often go to the swimming pool. 我**常常**去游泳池。

▲表達去游泳池的「頻率」→ often（常常）修飾了 go（去）

- The man walks. 那男人走路。

➡ The man walks very slowly. 那男人走得**很慢**。

▲表達走路的「情態」→ very slowly（非常緩慢地）修飾了 walk（走路）

★上面這些句子加上副詞之後，句意是不是變得更明確，或是語氣更強烈了呢？

💬 常見副詞

① 地方副詞：**用來補充說明有關狀態或動作的地點資訊**

up（在上面）、**outside**（在外面）、**inside**（在裡面）
nowhere（任何地方都不）、**down**（在下面）、**here**（在這裡）
there（在那裡）、**abroad**（在國外）、**around**（在附近）

② 時間副詞：**用來補充說明有關狀態或動作的時間資訊**

just（剛剛）、**now**（現在）、**soon**（馬上）、**later**（稍後）
tomorrow（明天）、**today**（今天）、**yesterday**（昨天）
tonight（今晚）、**last night**（昨晚）、**noon**（正午）

③ 程度副詞：用來補充說明動作或狀態的強烈程度

too（太過）、**enough**（足夠地）、**very**（非常）、**so**（那麼地）

quite（非常）、**totally**（完全地）、**completely**（完全地）

extremely（極度地）、**nearly**（幾乎）、**almost**（幾乎）

partially（部分地）、**hardly**（幾乎不）、**gradually**（逐漸地）

④ 頻率副詞：用來補充說明動作或事件發生的頻率

never（從未）、**seldom**（很少）、**rarely**（罕有地）

occasionally（偶爾）、**sometimes**（有時）、**frequently**（頻繁地）

often（時常）、**usually**（通常）、**always**（總是）

yearly（每年地）、**annually**（年度地）、**quarterly**（每季地）

monthly（每個月地）、**weekly**（每週地）

daily（每天地）、**hourly**（每小時地）

⑤ 情態副詞：用來補充說明在做動作時的情形或者狀態

easily（簡單地）、**difficultly**（困難地）、**hard**（困難地；努力地）

loudly（大聲地）、**quietly**（安靜地）、**happily**（開心地）

carefully（小心地）、**carelessly**（粗心地）、**sadly**（悲傷地）

interestingly（有趣地）、**excitingly**（令人興奮地）、**badly**（不好地）

fast（快速地）、**slowly**（緩慢地）、**well**（很好地）

A: How often do you go to a restaurant?
你多久去一次餐廳呢？

B: Once a week. Why?
一個禮拜一次。為什麼問呢？

A: My friend really wants to know you. Are you willing to go with her next time?
我朋友真的很想認識你。你願意下次和她一起去嗎？

B: Sure. But can I have her contact information first?
當然。但我可以先要她的連絡資訊嗎？

A: I can give you her Facebook ID. She types slowly, please be patient when chatting with her.
我可以給你她的臉書帳號。她打字很慢，和她聊天的時候請有耐心一點。

自己做

1. Ted goes to church _____ _____.
泰德每週上教堂。

2. Caroline is _____ beautiful.
凱洛琳真的很美。

3. Jade is _____ busy to work.
潔德太忙以致於無法工作。

4. Let's eat _____.
我們去外面吃飯吧。

解答：1. every week 2. really 3. too 4. out

Chapter 5 代名詞

A: Do you like this novel? It is very interesting!
你喜歡這本小說嗎？它很有趣！

B: Yes. I really enjoyed it.
我真的很喜歡它。

A: I like the leading character, he is my favorite.
我喜歡主角，他是我的最愛。

B: Why do you like him so much?
你為什麼這麼喜歡他呢？

A: He is very brave.
他非常勇敢。

文 法 重 點

　　代名詞的功能是代替句子裡重複提到的「名詞」或「名詞片語」，避免同樣的名詞或名詞片語一再出現，讓句子變得冗長。代名詞主要可以分成：**人稱代名詞、反身代名詞、所有格代名詞、指示代名詞、疑問代名詞、關係代名詞、不定代名詞**。其中，關係代名詞會在後面的章節裡再詳細講解，所以這裡不會提到喔！

　　代名詞可以讓句子變得更為簡潔有力，就像上面的例句，如果沒有使用代名詞的話，就會變成：

● Do you like this novel? **This novel** is interesting!

　　同樣的 this novel 一再出現，會讓人覺得這句話累贅而冗長。所以我們可以使用代名詞 it 來代替 this novel，寫成：

● Do you like this novel? **It** is very interesting!

　　這裡的 this novel 可以被稱為「先行詞」，也就是先行出現的那個詞，且因為是「**事物**」，所以要用表示事物的代名詞「**it（它）**」來代替。

🔍 人稱代名詞 & 所有格代名詞

　　人稱代名詞用來代替「**重複出現的人、事、物**」，人稱則有三種，**第一人稱**就是開口說話的「**我／我們（I/we）**」，**第二人稱**是聽別人說話的「**你／你們（you）**」，**第三人稱**則是別人在說話時提到的「**他／她／它（牠）／他們（he/she/it/they）**」。

- Your dog is so cute. I like <u>it</u> (= your dog)!
  你的狗好可愛，我喜歡牠！

➡ 因為句子裡 **your dog** 重複出現，所以用 **it** 來代替。

　　在前面已經提過的名詞，如果同時要表達所有格的概念，就要使用**所有格代名詞**，也就是「**～的東西**」的意思，就像中文裡的「我的東西」、「你的東西」、「他的東西」等，用來明確指出被替代掉的前面出現過的名詞或名詞片語是屬於誰的。一起來看例句吧！

- Your boss is generous, but <u>mine</u> (=my boss) is not.
  你的老闆很慷慨，可是我的老闆不慷慨。

➡ 重複出現的是 **boss**，但為了指明是誰的老闆，就必須使用所有格代名詞 **mine**（我的東西＝我的老闆）。

★ 所有的人稱代名詞及所有格代名詞可以整理成下面這張表格

人稱	單數／複數	主格	受格	所有格	所有格代名詞
第一人稱	單數	I	me	my	mine
	複數	we	us	our	ours
第二人稱	單數	you	you	your	yours
	複數	you	you	your	yours
第三人稱	單數	he	him	his	his
		she	her	her	hers
		it	it	its	its
	複數	they	them	their	theirs

🔹 反身代名詞

反身代名詞使用時機是**當一個句子裡的主詞與受詞相同時，受詞就必須要用對應那個主詞的反身代名詞**。就像下面這個句子：

- Nancy likes herself very much.
  南西非常喜歡她自己。

➡ 這個句子裡的 **Nancy**（主詞）和她喜歡的對象（受詞）都是她本人，所以在這個情形下，就必須用反身代名詞 **herself**（她自己）。

所以反身代名詞其實就是「～自己」的意思，按照人稱不同可以分成下面幾種：

第一人稱	myself（我自己）、ourselves（我們自己）
第二人稱	yourself（你自己）、yourselves（你們自己）
第三人稱	himself（他自己）、herself（自己她） itself（它／牠自己）、themselves（他們自己）

🔹 指示代名詞

指示代名詞就像是中文的「這／這些（this/these）」、「那／那些（that/those）」，用來表示談話者彼此「**正在談論的人、事、物**」。

空間與時間比較接近談話者的話，會用 this（單數）、these（複數），**空間與時間距離談話者較遠**則會用 that（單數）、those（複數）。

- <u>This book</u> is interesting. 這本書很有趣。

➡ This(= this book) is interesting.

- <u>That bank</u> is big. 那間銀行很大。

➡ That(= that bank) is big.

就像上面的句子，使用了指示代名詞 this 和 that 來代替說話的人正在說的東西，就可以讓句子變得更簡潔，也不會讓句意受到影響。

疑問代名詞

疑問代名詞是用來引導問句、問問題的。詢問什麼人、什麼事、什麼物。通常在回答這些用疑問代名詞開頭的問題時，沒有辦法只用 Yes／No 來回答，而是必須給出具體的答案。

疑問代名詞有下面這幾種：

① **Who** ─ 當問句中的主詞使用，**詢問是「誰」**，例如 Who did this?（誰做了這件事？）。

② **Whom** ─ 詢問問句裡**接受動詞動作的是「誰」**，也就是當作**動詞的受詞**來使用，像 Whom do you hate?（你討厭誰？）這個句子裡 whom 就是 hate 的受詞。

③ **Whose** ─ 當問句中的所有格使用，詢問是「**誰的**」。

④ **Which** ─ 當要詢問對方是「**哪個**」的時候使用，通常是在有選項時才會使用，例如 Which do you prefer?（你比較喜歡哪個？），就是詢問對方「在這些選項裡，你比較喜歡哪個？」的意思。

⑤ **What** ─ 詢問是「**具體的什麼**」，例如 What is her name?（她的名字是什麼？），就是詢問對方的名字具體是什麼。

不定代名詞

不定代名詞代替的是「**不確定的人、事、物、地**」。例如 I dated somebody from Japan.（我與從日本來的某人約了會），這個句子裡的 somebody 就是用來替代「沒有確定對象的某人」，所以只要是從日本來的人都有可能是他的約會對象，但如果句子是說 I dated Keiko from Japan.（我和日本來的 Keiko 約了會），這時因為有確定的對象（Keiko from Japan），所以如果要用代名詞把 Keiko from Japan 取代掉時，就不能用 somebody 而得使用用來代替確定對象的 her。

★ 常見的不定代名詞

不定代名詞	any（任何）、another（另一個）、few（一些）、many（很多）、most（大部份）、none（沒有）、both（兩者）、each（每一個）、other（其他）、some（一些）、 anyone（任何人）、anybody（任何人）、anything（任何事）、everyone（每個人）、everybody（每個人）、everything（每件事）、oneself（一個人）、someone（某人）、somebody（某人）、something（某事）

A: Joseph, I saw you going out with somebody.
喬瑟夫,我看見你與某人出去。

B: What's wrong? We didn't do anything bad.
怎麼了嗎?我們沒有做任何不好的事情。

A: Who was that? You seemed to care about her a lot.
她是誰?你看起來很在乎她。

B: She's my girlfriend. Don't worry. I can take care of myself.
她是我女友。不用擔心,我可以照顧好自己。

A: Ok, fine.
好吧。

B: I will introduce her to you next time.
下次我會把她介紹給你。

自己做

1. Stop calling _____ a genius.
不要再叫自己天才了。

2. Is _____ an apple?
那是個蘋果嗎?

3. Where are _____ sisters?
你的姊妹們在哪?

4. Your girlfriend is generous. _____ is not.
你的女朋友很慷慨,我的沒有。

解答:1. yourself 2. that 3. your 4. Mine

41

介系詞

Chapter 6

暖場生活對話 🎧 MP3 11

A: What do you usually do on weekends?
你週末通常會做什麼呢？

B: I go out for dinner with my family.
我都跟家人出去吃晚餐。

A: After dinner, where will you go?
在晚餐之後，你們會去哪裡？

B: We often take a walk in the park near my house.
我們常去家附近的公園散步。

A: Sounds like a relaxing schedule.
聽起來是個很放鬆的行程。

文法重點

介系詞就像媒人，可以用來表示**後面接續的名詞和句子裡其他字詞**之間的關係。介系詞可以用來表達**移動方向、位置**或**時間**。常見的介系詞主要可以分為「**時間介系詞**」、「**地方介系詞**」及「**方向介系詞**」。

🗨 時間介系詞

為了準確表達時間，恰當地使用時間介系詞是非常重要的。下面我們就來詳細介紹幾個常用的時間介系詞吧！

❶ in ＋某段時間：在～之內；在～期間；在～之後

in 後面可以接月份、季節或者是幾週等的「一段時間」，用來表達**在這段時間之內，或是這段時間過完的時候，就會發生這些事**。

- Most school starts in September/Fall.
  大多數學校在九月／秋季的這段期間內開學。

如果從文法的角度來看，大家可以將 in September/Fall 當作是用來**修飾動詞** start **的副詞**，這樣理解會更容易一點。

如果**句子本身是未來式**，這邊的 in 就可以看成是「在～之後」的意思。

- Caroline will be here in 5 minutes. 凱洛琳在五分鐘後會到這裡。

像上面這個句子裡出現了表達發生時間點在未來的關鍵詞 will，所以這裡的「in + 某個時間」就是「在～之後」的意思。

❷ at＋明確的時間或慣用表達：在～

at 後面可以直接加一個**特定的時間點或是時段**，如 at 7:30（在七點半）、at noon（在正午）等。另外，有些字就像是跟屁蟲，一定要和 at 同時出現才能表達意思，像是 at the same time（在同時）、at once（馬上、立刻），或者也有固定和 at 搭配的節日，像 at Christmas（在聖誕節）、at Easter（在復活節）。

❸ on＋星期／日期／特定日子：在～

在碰到「**星期**」、「**日期**」或「**特定日子**」時，時間介系詞就得用 on，這個時候的 on 表達的就是在明確的時間點上，例如 I will visit my grandfather on Monday.（禮拜一我會去看祖父）、My birthday is on the 10th of March.（我的生日是三月十號）、Please attend the party on my birthday.（請參加在我生日當天的派對）。

❹ after / before＋時間點／名詞：在～之後／在～之前

after 的意思是**在某個時間點或是某件事之後**，例如 I will start working after the break.，這邊的 break 是「休息時間」的意思，這句話的意思就是「在休息時間（這件事結束）之後，我會開始工作」。而 before 則剛好相反，是用來表達**在～某個時間點或是某件事之前**，例如 before I go to school（在我去上學之前）。

❺ by＋時間點：在～以前

by 後面接一個時間，意思是**在到達這個時間之前，動作必須要完成**。這個用法常用於表示一件事情的截止日期（deadline）是什麼時候，例如主管可能會說 Please hand in these papers by Friday.（請在禮拜五之前，把這些報告交上來），這時就可以明確知道交報告的截止日期設在禮拜五，就不會搞錯時間囉！

🔍 地方介系詞

地方介系詞的出現是為了**表達出空間上的概念**，下面是幾個常見的地方介系詞：

常見的地方介系詞	意義	例句
in	在～裡面	The dog is in the park. 那隻狗在公園裡。
on	在～上面 ▶ 有接觸到表面的「在～上面」	The pen is on the table. 那支筆在桌子上。 ▶ 筆有碰到桌面
at	在～地點 ▶ 表達確切的「點」的概念， 而不僅只是一個空間之內	Tom is at home. 湯姆在家裡。
above	在～上方 ▶ 沒有接觸到表面	The picture is above the fireplace. 那個照片在壁爐上方。 ▶ 照片沒有碰到壁爐
below	在～下方 ▶ 沒有接觸到表面，是 above 的反義詞	The cat is below the box. 那隻貓在箱子下方。 ▶ 貓和箱子之間沒有接觸，單純描述貓比箱子的位置要低的狀態
under	在～下方 ▶ 有接觸到表面	There is a dog under the tree. 有一隻狗在樹下。 ▶ 狗有接觸到樹
behind	在～後面	Your mom is behind you. 你媽媽在你後面。
against	靠著、倚著	Max is leaning against the couch. 麥克斯正倚著沙發。
between	在～（兩者）之間	My dog is sitting between my mom and me. 我的狗坐在我媽和我之間。
among	在～之中 ▶ 對象有三者以上，指在群體之中	Alice is the most beautiful girl among all the other girls. 在其他所有女孩之中，愛麗絲是最美的女孩。

around	圍繞；在～附近	The boys sit around the table. 男孩們圍著桌子坐。 There are several flower shops around my house. 我家附近有幾家花店。

方向介系詞

方向介系詞用來表達**動詞的方向性**，下面是幾個常用的方向介系詞：

常見的方向介系詞	意義	例句
up	往～上方	The boys are going up the building. 男孩們正在上樓。
down	往～下方	Alex goes down the stairs. 艾力克斯走下樓梯。
off	離開～	The girls are off the building. 女孩們離開了大樓。
onto	往～上至～	My dog jumped onto the car. 我的狗跳到了車上。
into	往～裡面	I like staring into the sky. 我喜歡往天空裡面看。
toward	朝著～的方向	Melissa is heading toward me. 梅莉莎正在朝著我前進。

A: Where are vegetables in the supermarket?
蔬菜在這間超級市場的哪裡呢？

B: They are in aisle 7.
它們在第七排走道。

A: Thanks. Can I put my things here temporarily?
謝謝，我可以把我的東西暫時放在這裡嗎？

B: Sure, but you have to go back and get them by 8 o'clock.
當然，但你必須在 8 點前回來拿走。

A: I will be back here in an hour.
我一個小時後就會回來這裡。

自己做

1. Is your dog _____ the tree?
你的狗在樹下嗎？

2. Your father is _____ you.
你爸爸在你身後。

3. Wash your hands _____ dinner.
在晚餐前先洗手。

4. Melissa is walking _____ the hospital.
梅麗莎正朝著醫院的方向走去。

解答：1. under 2. behind 3. before 4. toward

暖場生活對話 🎧 MP3 13

A: Do you like listening to music when studying?
你念書時喜歡聽音樂嗎？

B: Yes, and I like it because it makes me relaxed.
是啊，然後我喜歡是因為這樣能讓我放鬆。

A: But it always distracts me.
但是這樣總是會讓我分心。

B: It works only if the musical genre is suitable.
只有當音樂種類是適合的才可以。

A: Maybe you can recommend some music to me?
也許你能推薦一些音樂給我？

文法重點

連接詞就像是橋梁，它是連接**單字、片語、子句**（子句就是含有主詞和動詞的詞組）的詞彙。連接詞可以分成**對等連接詞**與**從屬連接詞**兩類。常見的連接詞有：and（以及、而且）、or（或）、but（但是）、as（和；當～）、when（當～）、since（因為；當～）、because（因為）、although（儘管）、unless（除非）、if（如果）等等。

💬 對等連接詞

對等連接詞用來連接句子中的單字、片語或子句。「對等」的意思就是放在對等連接詞兩端的單字、片語或子句必須是相同的身分，也就是「**單字對上單字**」、「**片語對上片語**」、「**子句對上子句**」。

常見的對等連接詞	意義	例句
and	以及、而且	I like apples and pears. 我喜歡蘋果及梨子。
but	但是	He has a dog but I don't. 他有一隻狗，但我沒有。
or	或	Do you want bread or meat? 你想要麵包或肉呢？
for	因為	I couldn't come, for I have work to do. 我不能去，因為我有工作。
so	所以	It's raining, so I can't go outside. 正在下雨，所以我不能到外面去。

💬 從屬連接詞

又稱「附屬連接詞」，用來把從屬子句與主要子句結合成一個完整的句子。從屬子句就像是主要子句的僕人，存在的目的就是輔助主要子句，讓主要子句的意義變得更完整，所以一定要與主人（主要子句）同時出現。相反的是，因為主要子句是主人，所以它就算沒有僕人（從屬子句）也可以單獨成立。

常見的從屬連接詞	意義	例句
after	在～之後	Clean the dishes after you have dinner. 在吃晚餐後，清理碗盤。
before	在～之前	I brush my teeth before I go to bed. 我在去睡覺前刷牙。
because	因為	She likes you because you are handsome. 因為你很帥，所以她喜歡你。
if	如果	I can tell you his secret if you want. 我可以告訴你他的秘密，如果你想要的話。
although	儘管	Although I was tired, I still went out with my girlfriend. 儘管我很累，我還是和女朋友出去。

會話應用 MP3 14

A: Because you are my best friend, I want to tell you something.
因為你是我最好的朋友，我想要告訴你一件事。

B: After you said so, I am quite scared.
在你這樣說之後，我蠻害怕的。

A: But you still have to listen to me.
但是你還得聽我說。

B: Alright. So what is that about?
好啦。所以是什麼？

A: I broke up with my girlfriend.
我和女朋友分手了。

B: Stop fooling me around, for today is April Fool's Day.
因為今天是愚人節，所以你別唬我了。

自己做

1. _____ you don't like the job, just quit.
如果你不喜歡這工作，就辭職吧。

2. I don't feel well _____ I need to take a break.
我覺得不舒服，所以我需要休息一下。

3. Do you want to learn Japanese _____ Korean?
你想學日文或韓文？

4. _____ you are late, you can still get the handouts from the assistant.
儘管你遲到了，你還是可以從助理那裡拿講義。

解答：1. If 2. so 3. or 4. Although

Chapter 8

助動詞

A: Ms. Chen, I don't feel well. Can I go back home now?
陳老師，我不舒服，我現在可以回家嗎？

B: Yes. You should take some rest.
好，你得好好休息。

A: Thank you. I will see a doctor first.
謝謝。我會先去看醫生。

B: Did you make an appointment?
你預約了嗎？

A: Aw! I must do it now!
噢！我必須現在做這件事！

文 法 重 點

　　助動詞就像是表達動詞想達成目標的標籤，把助動詞放在動詞前面，就能**幫助動詞構成各種時態、語氣、疑問句、否定句、被動語態**。其中 do 和 have 是最常用到的助動詞，我們一起來看看他們是怎麼幫助動詞完成句子的吧！

🗨 Do (do, does, did)

構成	解說	例句
疑問句中的 Do	助動詞 Do 放在句首的時候就可以構成疑問句，當 Do 出現時，句中的其他動詞必須用原形。	Do you want to build a snowman? 你想做一個雪人嗎？

否定句中的 do not(don't) / does not(doesn't)	助動詞 do 與 not 搭配就可以形成否定句，其中 do not 可簡寫成 don't。碰到第三人稱時 do 會變成 does，簡寫則變成 doesn't。	I don't (= do not) want to go jogging. 我不想去慢跑。 She doesn't eat eggs. 她不吃蛋。
加強語氣	在一般句型中加入助動詞 do/does 會形成加強句意的強調語氣。句中的其他動詞必須用原形。	I do trust you. 我真的相信你。
替代提過的動詞	在一個句子裡，如果兩個主詞使用的動詞相同，後者的動詞可以用助動詞替代。	Melissa speaks faster than Ted speaks. = Melissa speaks faster than Ted does. 梅麗莎說話比泰德快。

🔍 have (have, has, had)

構成	解說	例句
在完成式中表達動作的完成或持續	助動詞 have 在碰到第三人稱時要改用 has，而 have/has 之後的動詞必須用過去分詞。 而 has been 中的 been 是 Be 動詞 be 的過去分詞，因為一個句子裡只能出現一個動詞，所以後面不能再接動詞。	I have finished my homework. 我已完成了我的作業。
		She has been here for a while. 她已經在這一陣子了。

⚡ 充電站

● 情態助動詞

　　除了一般助動詞的 have 和 do 之外，可以在動詞之前放上**情態助動詞**來表達：**必須、可能、禁止、允許、義務、能力**等不同的語氣與態度。

情態助動詞	意義	例句
can / could	1. 會 2. 能夠、可以 ▶ could 是 can 的過去式，且也可用來表達較委婉的語氣	1. Can you drive? 你會開車嗎？ 2. Can I use your bike, Mary? 瑪麗，我可以騎妳的腳踏車嗎？ Could I speak to Mr. Huang? 我能跟黃先生說話嗎？（語氣較委婉）
should	應當、應該	You should see a doctor. 你應該要看醫生。
will / would	1. 將、將要 2. 能、願意 ▶ would 是 will 的過去式，且也可用來表達較委婉的語氣	1. Claire will be 5-years-old next month. 下個月克蕾兒就五歲了。 2. The food will feed three people. 這食物能讓三個人吃。 Would you help me? 你願意幫我嗎？（語氣較委婉）
shall	1. 主詞為 I 或 We 時替代will（較舊時用法） 2. 主詞為 I 或 We 時表示建議	1. I shall let you know as there's any update. 有任何最新消息，我會讓你知道。 2. Shall we go out for dinner now? 我們現在出去吃晚餐好嗎？
may / might	1. 可能、也許 ▶ might 是 may 的過去式 2. （表示請求許可）可以 ▶ might 在語氣上較委婉	1. There may be other problems. 可能有其他問題。 2. How may I help you? 我能幫您什麼嗎？ Might I ask a question? 我可以問個問題嗎？（語氣較委婉）
must	1. 必須（強調）、一定要 2. 想必	1. I must get some sleep. 我必須要睡一下。 2. Jade has been driving all day - she must be tired. 潔德已經開了一整天車；她想必累壞了。

A: Would you give me a hand?
你願意幫我一下嗎？

B: Sure. How can I help you?
當然。我要怎麼幫你呢？

A: I might not be able to join the seminar. Could you lend me the lecture notes after the seminar?
我可能無法參加研討會。在研討會之後，你能借我筆記嗎？

B: OK, but you must remind me of this.
好，但你一定要提醒我這件事。

自己做

1. You _____ take care of yourself.
你應該要照顧好自己。

2. _____ you pass the salt for me?
你可以幫我把鹽傳過來嗎？

3. Teresa _____ play the piano.
泰瑞莎會彈鋼琴。

4. She _____ join the army.
她也許會加入軍隊。

解答：1. should 2. Could 3. can 4. may/might

Chapter 9 冠詞

暖場生活對話 MP3 17

A: There is a dog near the river.
　有一隻狗在河邊。

B: The dog is yellow and furry.
　這隻狗黃色且毛茸茸的。

A: It is better not to touch a stray animal.
　最好不要摸流浪動物。

B: But the dog is cute.
　但是這隻狗很可愛。

A: Dogs may bite you.
　狗可能會咬你。

文法重點

　　冠詞裡的「冠」可以想成是頂「帽子」，而有名字的東西才能戴帽子，所以**只有名詞的前面可以加冠詞**。冠詞可以分成**不定冠詞**（a、an）和**定冠詞**（the）兩類。

💬 不定冠詞（a、an）

　　不定冠詞 a/an 要放在「**不特定之物**」的前面，也就是給**沒有指定對象**用的冠詞。使用在第一次提及的名詞，且那個名詞不是一個特定的對象。當名詞的開頭是「**母音 a、e、i、o、u**」或是開頭發音是「**母音音節**」，就要用 an，像是 an apple（一顆蘋果）、an hour（一小時，hour [aʊr] 的開頭發音 [aʊ] 是母音音節）。

　　a 則是使用在開頭是「**子音音節**」的名詞，基本上排除掉以 a、e、i、o、u 開頭的單字，幾乎都是使用 a，但**若開頭是 u 或 y 則要特別注意那些單字的發音**，例如 university [ˌjunəˋvɝsətɪ]（大學）的開頭雖然是 u，但因為發音的開頭是子音 [j]，所以必須要用 a。

- I have an apple. 我有一顆蘋果。

- Emily has a cute doll. 艾蜜莉有一個可愛的洋娃娃。

- I go to a university. 我去上大學

- Jason spent an hour writing his homework. 傑森花了一小時寫作業。

定冠詞（the）

　　和不定冠詞相比，**定冠詞 the** 則帶有「**指定**」的意義，所以定冠詞要放在「**特定的人、事、物**」的前面，也就是在有明確指稱對象的狀況下會使用 the，定冠詞常常會用在下面提到的這些情形裡。

❶ 再次提到之前提過的名詞

- Ray bought a skirt for his girlfriend, and the skirt is beautiful.
  瑞買了一件裙子給他的女朋友，而且那件裙子很漂亮。

❷ 描述特定名詞

- Where is the nearest bus station?
  最近的巴士站在哪裡？

❸ 唯一的名詞

- The sun is rising.
  太陽正在升起。

❹ 樂器名詞

- Joseph can play the piano.
  喬瑟夫會彈鋼琴。

❺ 形容詞（the ＋形容詞＝有此形容詞屬性的群體）

- Let's help the poor.
  我們來幫助窮困的人們吧。

❻ 最高級／序數詞／用 only 修飾的名詞

- Sam is the tallest in the class.
  山姆在班上是最高的。

- Jason won the second prize.
  傑森得了第二名。

- Ray is the only boy in the class.
  瑞是全班唯一的男生。

🗨 不用加冠詞的情況

❶ 國家

- I live in Japan. 我住在日本。

注意！ 但如果國家是「聯邦」或是由「群島」組成時，前面要加定冠詞 the

- Ray is working in the United States. 瑞正在美國工作。
- Amy is travelling in the Philippines. 艾咪正在菲律賓旅行。

❷ 三餐

- Joseph is having breakfast/lunch/dinner now. 喬瑟夫現在正在吃早／午／晚餐。

❸ 語言

- Ray can speak Japanese and English. 瑞會說日文跟英文。

❹ 專有名詞

- The meeting is on Monday. 那場會議在禮拜一。
- Let's go to Central Park. 我們去中央公園吧。

❺ 稱呼

- Professor, can I take the exam today?
  教授，我可以今天考試嗎？

❻ 反覆前往的地點

- Joseph goes to school by bus.
  喬瑟夫搭公車去學校。

- Max goes to church every weekend.
  麥克斯每個週末會上教會。

會話應用  MP3 18

A: I have a car from the United States.
我有輛從美國來的車。

B: You must go to church by car every week.
你一定每週都開車上教堂。

A: Yes. And I always have lunch with friends after the Mass.
對啊，而且我總是在彌撒之後和朋友們一起吃午餐。

B: Maybe I can join you the next time.
也許下次我可以加入你們。

自己做

1. Joseph is living in _____ United States.
喬瑟夫住在美國。

2. Ray is _____ doctor.
瑞是位醫生。

3. Let's help _____ poor.
我們來幫助窮人吧。

4. There is a cat on the roof. _____ cat is cute.
有一隻貓在屋頂。這隻貓很可愛。

解答：1. the 2. a 3. the 4. The

57

在了解了在句子中會出現的各種詞性之後，接下來我們就一起來看看要怎麼寫句子才正確吧！

但在我們開始之前，為了方便接下來的句型解說，我們先來看看一些在解說句型時常會用到的縮寫，只要先熟悉這些縮寫，後面學起來就更容易囉！

縮寫	原文	意義
S.	Subject	主詞
V.	Verb	動詞
O.	Object	受詞
C.	Complement	補語
I.O.	Indirect Object	間接受詞
D.O.	Direct Object	直接受詞

基本句型

SV 句型

Chapter 1

暖場生活對話 MP3 19

A: What do you usually do in the morning?
你通常早上會做什麼？

B: I usually run every morning.
我通常每天早上跑步。

A: I also exercise in the morning, maybe we can go together next time.
我也在早上運動，也許下次我們能一起去。

B: Sure, I usually run in Central Park.
當然，我通常在中央公園跑步。

A: Oh, that's good, it's near my place.
噢，這太好了，中央公園離我家很近。

文法重點

　　句型就是句子的「**基本結構**」，也就是一個正確的句子裡必須要有哪些元素、要怎麼排列才是正確的，而在英文中有所謂的五大句型，了解這些句型就可以讓你輕鬆分解那些很長、看起來很可怕的句子，也能更快理解句義。下面我們先來看看最基礎的「S. + V.（主詞＋動詞）」句型吧！

　　「S. + V.（**主詞＋動詞**）」句型是最基本的句子構成，在一個句子裡一定會有一個「**做動作的人**」，也就是我們說的「**主詞（Subject）**」，而這個主詞「**所做的動作或所處的狀態**」，就是句子裡的「**動詞（Verb）**」，在這個句型裡，動詞的後面沒有接受動作的人，所以在這個句型裡使用的是「**不及物動詞**」。

S. 主詞	V. 動詞	S.+V. 主詞＋動詞
I 我	run 跑步	I run. 我跑步。
You 你	smile 微笑	You smile. 你微笑。
Ted 泰德	sleeps 睡覺	Ted sleeps. 泰德睡覺。

　　而為了讓句子的意思更加完整，SV句型的句子常會在動詞之後加上帶有「**時間**」、「**地點**」或「**方向**」等意義的**副詞或副詞片語**，來補充說明主詞是在何時、何地、如何、對什麼進行的動作。

① 主詞＋不及物動詞＋副詞

- He goes upstairs.
  他上樓。

- Adam smiles happily.
  亞當笑得開心。

② 主詞＋不及物動詞＋ (for) ＋時間

- The rain lasts (for) a month.
  雨持續一個月。

- I study every night.
  我每天晚上都念書。

③ 主詞＋不及物動詞＋介系詞片語

- I stop before crossing the road.
  我在過馬路前先停下來。

- Max sits in the front.
  麥克斯坐在前面。

④ 主詞＋不及物動詞＋不定詞片語

- Max drives to his office.
  麥克斯開車上班。

- Alice walks to school.
  艾莉絲走路上學。

A: You want to have lunch with me?
你想跟我一起吃午餐嗎？

B: Of course. Where do you usually eat?
當然好，你通常在哪裡吃？

A: It rains a lot recently. Let's go somewhere near the office.
最近很常下雨，我們去離辦公室近的地方吃。

B: You are right.
你說得對。

自己做

1. The rain lasts _____ a week.
那場雨持續了一個禮拜。

2. She _____ downstairs.
她跑下樓。

3. Caroline sits _____ the _____.
凱洛琳坐在桌子上。

4. Ben starts _____ go jogging.
班開始去慢跑。

解答：1. for 2. runs 3. on, desk 4. to

SVC 句型

暖場生活對話 MP3 21

A: You look so angry now. What happened?
　　你現在看起來很生氣。怎麼了嗎？

B: The food tastes super bad, and it is expensive.
　　這食物超難吃又貴。

A: Well, this restaurant is new.
　　這個嘛，這是間新餐廳。

B: It is still bad, and I won't go there again.
　　它還是很難吃，我不會再去那裡了。

文法重點

　　前面提到了「主詞＋動詞」的 SV 句型，現在我們要一起來看看在動詞之後加上補充說明的句型。

　　如果在主詞和動詞的後方加上「**補語（Complement）**」，就變成用來**說明主詞的**「**名稱或狀態**」的句型。補語是「**補充說明的詞彙**」，例如「I am happy」中的「happy（快樂）」、「I am a teacher」中的「a teacher（一個老師）」都是補充說明主詞名稱或狀態的「補語」，**補語可以是單字、片語或是子句**，最常見的補語是名詞、代名詞和形容詞，而能夠被當成名詞、代名詞和形容詞的**動名詞、不定詞、片語和子句**，都可以當作補語。

主詞	動詞	補語	中文
I	am	a cook.	我是個廚師。
It	was	hot.	那時很熱。
He	is	a nice man.	他是一個很好的人。

特別要注意的是，這個句型裡的主詞和補語之間有「**對等**」的關係，也就是「**主詞＝補語**」的感覺，像上面的例句 I am a cook. 中的主詞 I 就和補語 a cook 形成了「I ＝ a cook」的關係。

在這個句型中除了常使用 Be 動詞當作句子的主要動詞之外，也會常常用到表示「**狀態（是～）**」、「**變化（變成～）**」、「**感覺（覺得～）**」等的不及物動詞。下面列出了一些常用的動詞，大家一起記下來吧！

- 表示狀態 ➡ keep（持續）、remain（維持）、stay（保持）

- 表示變化 ➡ become（變成）、get（變成）、grow（成長為）、
  turn（轉變為）

- 表示感覺 ➡ feel（感覺起來）、taste（嚐起來）、smell（聞起來）、
  look（看起來）、sound（聽起來）、seem（似乎）、
  appear（看來）

★利用這些動詞來寫句子！

主詞	動詞	補語	中文
The door	remained	open.	這門還開著。
Ella	became	a pretty woman.	艾拉變成了漂亮的女人。
The plan	seems	simple.	這個計畫看來很簡單。
The food	tastes	bad.	那食物嚐起來很糟。

會話應用 🎧 MP3 22

A: You look happy. Any good news?
妳看起來很開心。有什麼好消息嗎？

B: My boyfriend proposed to me yesterday.
我男朋友昨天跟我求婚。

A: Wow! That's nice!
哇！好棒！

B: Yeah, it seems that he is determined.
是啊，他似乎已經下定決心了。

A: I'm sure you two will be a cute couple.
我確定你們兩個會是一對可愛的夫妻。

自己做

1. She looks _____.
她看起來生氣。

2. It is _____ of you to say this.
你這樣說人真好。

3. It _____ hot now.
天氣很熱。

4. The gift _____ really expensive.
這禮物看起來真的很貴。

解答：1. angry 2. nice 3. is 4. looks

65

暖場生活對話 🎧 MP3 23

A: Do you like dogs?
你喜歡狗嗎？

B: Yes, I like puppies very much.
是的，我非常喜歡狗狗。

A: What kind of dogs do you like?
你喜歡哪種狗呢？

B: I love Golden Retrievers.
我愛黃金獵犬。

A: Really? They are my favorite, too.
真的嗎？那也是我最喜歡的。

文法重點

　　如果在主詞和動詞的後面加上「**受詞（Object）**」，也就是「**接受主詞動作的對象或物品**」，就會變成用來表達「**主詞做的動作對接受動作的人或物產生了某些影響**」的意思，也就是「S（主詞）V 做（動作）對 O（受詞）」的 SVO 句型。例如上面對話裡的「I like puppies」或是常常聽到的「I love you」都是這一類句型。

　　在這個句型裡使用的動詞會是**及物動詞**，也就是後面必須加上接受動詞動作對象的動詞，而受詞可以是**動名詞**、**不定詞**、**名詞子句**、**疑問詞**。

① **受詞為動名詞**

- Jason likes being popular.
  傑森喜歡受人歡迎。

- I start looking at her.
  我開始汪視著她。

❷ 受詞為不定詞

- Max hates to go out.
  麥克斯討厭出門。

- Sam wants to buy a pair of shoes.
  山姆想要買一雙鞋子。

❸ 受詞為名詞子句

- Katy hopes Taylor will come to her party.
  凱蒂希望泰勒會來參加她的派對。

- Susan knows what I want.
  蘇珊知道我想要的是什麼。

❹ 受詞為疑問詞＋to 不定詞

- Max knows how to do.
  麥克斯知道要怎麼做。

- Katy wonders where to go for help.
  凱蒂納悶要去哪裡尋求協助。

　　動詞之後接受詞的句型和前面介紹過的，在動詞後面加上補語的句型很相像，所以常會有搞混的情形，但我們可以利用 **SVC 句型**當中，主詞與補語是對等地位，也就是「**主詞＝補語**」的特徵，來判斷是哪種句型。換句話說，**如果動詞後方接的詞語和主詞的性質不同，那麼這個句子就是 SVO 句型，而不是 SVC 句型。**

- Jason is an athlete. 傑森是一個運動員。

▲ 因為「Jason ＝ athlete」，可以判斷出是 SVC 句型

- Jason wants a pie. 傑森想要一個派。

▲ 因為「Jason ≠ a pie」，可以判斷出是 SVO 句型

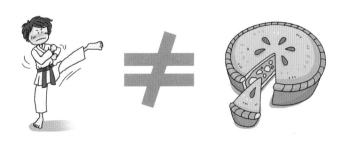

A: I want to take a walk.
我想去走走。

B: What's wrong? Anything bothering you?
怎麼啦？有什麼事煩心嗎？

A: My girlfriend just broke up with me.
我女朋友剛剛跟我分手了。

B: I think we can go to a bar now.
我覺得我們現在可以去酒吧。

A: Yeah, I really need a drink.
好啊，我真的很需要喝一杯。

自己做

1. She doesn't know _____ _____ _____.
她不知道要做什麼。

2. Max wants to know _____ _____ ask for help.
麥克斯想知道要跟誰求助。

3. Caroline hates being _____.
凱洛琳討厭一個人。

4. Paul likes to _____ _____.
保羅喜歡去外面。

解答：1. what to do 2. who to 3. alone 4. go out

Chapter 4 SVOC 句型

A: Where is Tommy going?
湯米要去哪裡？

B: People elected him chairman, so he has to deliver a speech.
大家選他為主席，所以他必須要發表演說。

A: Wow! He makes me so proud.
哇！他真讓我感到驕傲。

B: I always consider him the hope of our company.
我一直都認為他是我們公司的希望。

文 法 重 點

　　在學過「主詞＋動詞＋受詞」的SVO句型後，我們已經知道要怎麼寫出一個句子來表達主詞對受詞做了什麼，可是如果我們想要**為受詞多補充一點資訊**，這個時候我們就需要在受詞的後面再加上個「**受詞補語**」，來**補充或說明受詞的意義，才能讓句意完整**。

　　就像上面對話中的 People elected him chairman，如果少了受詞補語 chairman（主席），我們就只知道「大家選了他」，而不知道大家到底選了他做什麼，句意不完整，就像沒說完的話，讓人一頭霧水。

　　而在「主詞＋動詞＋受詞＋補語」的SVOC句型裡用的動詞，必須是有著後面**需要接受詞和補語、才能讓句意完整**的「**不完全及物**」用法的動詞。

★ 這些是常見的不完全及物動詞！

單字	意義	單字	意義
call	稱呼	name	命名
consider	認為	suppose	猜想
get	使～	leave	使～處於某狀態
think	認為	believe	相信
find	覺得	keep	維持～
elect	選拔	prefer	偏好

受詞補語通常是**名詞**或**形容詞**，但有時補語也會是下面的這些情形。

① 受詞補語是 (to be) 形容詞

- I suspect him (to be) lying.
  我懷疑他説謊。

- I consider her (to be) beautiful.
  我認為她漂亮。

② 受詞補語是不定詞

- Miranda forced him to sign the contract.
  米蘭達強迫他簽合約。

- Jenny asked me to wait for her.
  珍妮要求我等她。

③ 受詞補語是原形動詞

- Melissa had her assistant run the errands.
  梅麗莎讓她的助手跑腿

- Dad made me clean my room.
  爸爸要我打掃我的房間。

另外 SVOC 句型有個特徵，就是句子裡的「受詞（O）」和「補語（C）」之間會產生**對等**的關係，例如 We name our dog Spotty.（我們把狗取名為斑斑。），句子裡的 dog 就是 Spotty，形成了「受詞（O）＝補語（C）」的關係。

MP3 26

A: My parents made me clean my room.
我爸媽要求我打掃我的房間。

B: Well, my parents always ask me, too.
這個嘛，我爸媽也總是叫我打掃。

A: Can't they just give us a break?
他們不能就放過我們嗎？

B: Hmm... I actually consider them very thoughtful, though.
嗯……但是我其實覺得他們滿貼心的。

A: But I think my room is clean enough!
但我覺得我的房間夠乾淨了！

自己做

1. I _____ it interesting to go out.
我覺得出去玩很有趣。

2. My mom _____ me clean my room.
我媽媽要求我打掃我的房間。

3. David saw his girlfriend _____ out with Ray.
大衛看見他的女朋友跟瑞出去。

4. They _____ Melissa the leader.
他們選出梅莉莎當領導人。

解答：1. found it 2. makes 3. going/go 4. elected

SVOO句型

暖場生活對話 MP3 27

A: Hi, Frank. Let me buy you a drink.
嗨，法蘭克！讓我請你喝一杯吧。

B: Thanks, but maybe next time. By the way, I got something for you.
謝了，不過還是下次吧。對了，我有東西要給你。

A: Oh, what is that?
噢！什麼東西？

B: Yesterday I accidently met your neighbor, and she gave me this.
昨天我碰巧遇到你的鄰居，她給了我這個。

A: It is a letter my mom wrote to me! Thank you!
是我媽寫給我的信！謝謝！

文法重點

　　如果想要說「給人～東西」的時候，像「我給他禮物」、「爸爸買玩具給我」，就會用到現在要解說的 SVOO（主詞＋動詞＋受詞1＋受詞2）句型了。

　　這個句型的特徵就是動詞的後面會接「兩個受詞」，分別表示「接受該物品的人」和「被傳遞的物品」，因為「被傳遞的物品」是直接接受動作（被給出去）的對象，所以是「直接受詞（Direct Object）」，而「接受該物品的人」是間接受動作影響的對象，所以是「間接受詞（Indirect Object）」。而這個句型裡用的動詞，它的功用就是給別人東西，所以叫做「授與動詞」。

　　看看下面例句就會更清楚囉！

I give him a gift. 我給他一個禮物。

➡ 主詞＋授與動詞＋間接受詞（人）＋直接受詞（物）

基本上動詞後面的這兩個受詞會以「**對象 → 物品**」這樣的順序出現。但是，大家要記得，如果授與動詞後面不接人，而是接物，那就必須要加上「**介系詞**」。

句子結構長這樣！ ▪--

主詞＋授與動詞＋間接受詞（人）＋直接受詞（物）

➡ 主詞＋授與動詞＋直接受詞（物）＋介系詞＋間接受詞（人）

左邊的例句如果把 a gift 直接放到 give 的後面，那就要加上**介系詞** to，寫成 I give a gift to him.。

◆ **大部分授與動詞如果使用到介系詞，都是使用 to**

give（給予）、**take**（花費）、**bring**（攜帶）

tell（告訴）、**offer**（提供）、**write**（撰寫）

cause（造成）、**pay**（支付）、**show**（展示）

- I give Joseph a present. 我給喬瑟夫一個禮物。

➡ I give a present to Joseph.

- I wrote my mom a letter. 我寫了一封信給我母親。

➡ I wrote a letter to my mom.

◆ **除了 to 之外，也有授與動詞的介系詞是使用 for**

buy（購買）、**get**（取得）、**make**（製作）

find（尋找）、**pick**（採摘）、**choose**（選擇）

cook（烹調）、**order**（訂購）、**save**（節省）

- Teresa bought me a drink. 泰瑞莎請我喝了一杯。

➡ Teresa bought a drink for me.

- Max cooked Caroline a meal. 麥克斯煮了一頓飯給凱洛琳吃。

➡ Max cooked a meal for Caroline.

會話應用 🎧 MP3 28

A: Hey, Ted! I bought a gift for you.
嘿，泰德！我買了一個禮物給你。

B: I got something for you as well.
我也有要給你的東西。

A: It's a souvenir from Japan!
這是一個來自日本的紀念品！

B: Mine is the one from Korea.
我的是來自韓國的（紀念品）。

A: Thank you! It's really nice!
謝謝！這真棒！

自己做

1. Tom bought a gift _____ Kay.
   湯姆買給凱一個禮物。

2. Miranda _____ May _____ _____.
   米蘭達送了梅一台汽車。

3. Paul _____ him _____ _____ _____.
   保羅告訴了他要學什麼。

4. Let me _____ you the problem.
   讓我告訴你問題在哪。

解答：1. for 2. gave, a car 3. told, what to learn 4. show/tell

There is/are ~ 句型

Chapter 6

暖場生活對話

MP3 29

A: Look, there are three dogs having fun on the grass.
看，草地上有三隻狗正玩得開心。

B: And there is the keeper under the tree.
牠們的主人在樹下。

A: Oh, do you think he will let me pet his dogs?
噢，你覺得他會讓我摸他的狗嗎？

B: Well, let's find out.
這個嘛，我們去問問吧。

文法重點

在中文裡常會說「天空中有很多星星」、「現在教室裡有五個學生。」之類的句子，這些句子裡說的「有」在英文裡可不是用 has/have 來表達，而是要用「There is/are ~」的句型來表達「在（那裡）～有～」的意思，句型裡的 is/are 可以替換成其他的 be 動詞（用來表達「是～」意義的動詞，如 was、were、be 等等），要小心不要寫成 There has 囉！

（ X ）There has a lot of stars in the sky.

（ O ）There are a lot of stars in the sky.
天空中有很多星星。

如果是單數名詞，就要使用 There is，後面如果有動詞，要表示**主動做的動作**時會用**現在分詞**（Ving），若是**被動的動作**則使用**過去分詞**（Ved），另外還可以根據地點使用對應的**介系詞**。

句子結構長這樣！••---

1 在碰到單數名詞時，就要使用 is

> There is ＋單數名詞＋（Ving/Ved）＋（in/on/at＋地點）~

> ➡ There is a cake on the table.
> 在那張桌子上有一個蛋糕。

2 在碰到複數名詞時，就要把 is 改成 are

> There are ＋複數名詞＋（Ving/Ved）＋（in/on/at＋地點）~

> ➡ There are two cakes on the table.
> 在那張桌子上有兩個蛋糕。

3 想要把句子改成否定句時，就在 Be 動詞的後面加上 not

There is/are ＋ not ＋單數／複數名詞＋（Ving/Ved）＋（in/on/at＋地點）~

➡ There is not a single person in that restaurant.
在那間餐廳裡一個人都沒有。

➡ There are not any students in the classroom.
教室裡沒有任何學生。

4 要寫疑問句時，就把 Be 動詞移動到句首

Is/Are ＋ there ＋單數／複數名詞＋（Ving/Ved）＋（in/on/at＋地點）？

➡ Is there a cake on the table?
在那張桌子上有一個蛋糕嗎？

➡ Are there two cakes on the table?
在那張桌子上有兩個蛋糕嗎？

A: There are 3 beautiful girls sitting on the bench.

有三個漂亮女孩坐在長椅上。

B: Do you want to invite them for a chat?

你想要邀請她們聊天嗎？

A: There is no chance for me.

我沒有機會的。

B: Sometimes there is only one chance in life.

人生中有時只有一次機會。

A: Okay. Let me take a deep breath first.

好吧。讓我先深呼吸一下。

自己做

1. _____ _____ three children playing in the park.

有三個小孩在公園玩耍。

2. _____ _____ a dog running.

有一隻狗正在奔跑。

3. There _____ nests made by birds on the tree.

樹上有鳥做的鳥巢。

4. There is _____ any pencil in my pencil box.

我的鉛筆盒裡沒有任何鉛筆。

解答：1. There are 2. There is 3. are 4. not

了解了基本句型，就可以寫出正確的句子了，不過在寫的時候還是得注意一下「**句子的時間**」，而「句子的時間」就是我們接下來要解說的「**時態**」。

時態會隨著句子裡的時間而改變，如果**昨天**收到了禮物，就要用「**過去式**」、**下星期**要辦派對，那就要用「**未來式**」、而**正在進行**的動作或事件，「**進行式**」就派上用場了，「**現在式**」則是用來表達**事實**或**習慣**。

一起來學怎麼寫出時間正確的句子吧！

基本時態

暖場生活對話 🎧 MP3 31

A: Maggie always eats apples at lunch.
瑪姬午餐總是會吃蘋果。

B: Yeah, she thinks apples are good for her health.
是呀，她認為蘋果對她的健康很好。

A: Why?
為什麼？

B: There are a lot of vitamins in apples.
蘋果裡面有很多維生素。

A: It makes sense.
有道理。

文法重點

在英文裡，依照句子裡動作或事件發生的時間，必須要使用現在式、過去式、未來式等不同的時態來表達。我們現在先來介紹最常出現在生活之中的**現在式**。

現在式顧名思義就是用來表達「**現在的狀態**」，在現在式裡的一般動詞都是原形，但如果碰上了**第三人稱單數**，那就要**加上 s 或 es**，就像上面對話裡出現的 eats、thinks、are、makes（這部分在前面有說過，大家可以翻回去複習一下喔！），而 Be 動詞則是會隨著主詞而有 am、are、is 的差別。

使用現在式特別可以用來表達出「**現在的狀態**」、「**習慣**」、「**不變的真理、性質、事實**」等等不同意義，下面就一起來看看吧！

🐾 表達現在的狀態

在想要表達**現在的狀態**的時候，就可以用現在式。

- Students sit in the classroom. 學生們坐在教室裡。（現在的狀態）
- Alan works in the company. 亞倫在那家公司工作。（現在的狀態）

🐾 表達習慣

當一個動作**有規律的重複進行**時，就可以用現在式來表達這種「習慣」。

- Max goes jogging every day. 麥克斯每天都慢跑。（重覆進行「慢跑」這個動作）
- Caroline seldom eats dinner. 凱洛琳很少吃晚餐。（「沒吃晚餐」重覆發生）

🐾 不變的真理、性質、事實

像「水加溫到100度C會沸騰」、「莎莉是個女孩」等**真理、性質、事實**，因為不會變動，等於說一直都處在「現在」這個狀態，所以都可以用現在式來表達。

- The sun rises in the east. 太陽從東邊升起。（真理）
- Sally is a good girl. 莎莉是個好女孩。（事實）

⚡ 充電站

① 如果想要把句子變成否定句，而且句子裡的動詞是 Be 動詞的話，就在動詞後方加上 not。

- Sally is not a good girl. 莎莉不是個好女孩。

如果句子裡的動詞是**一般動詞**，則在動詞前方加上 do not［don't］或第三人稱單數用的 does not［doesn't］，這時動詞會回復成**什麼都不加的原形狀態**。

- Boys don't play basketball every night. 男孩們不會每天晚上都打籃球。
- Max doesn't go jogging every day. 麥克斯不會每天都去慢跑。

② 想要把句子變成疑問句，如果是使用 Be 動詞的句子，就把主詞和 Be 動詞的順序對調，而一般動詞的句子則會在主詞前方加上 Do 或 Does，動詞也會變成原形。

- Sally is a good girl. 莎莉是個好女孩。
- ➡ Is Sally a good girl? 莎莉是個好女孩嗎？
- Max go jogging every day. 麥克斯每天都去慢跑。
- ➡ Does Max go jogging every day? 麥克斯每天都去慢跑嗎？

A: Hey, Joseph! You go jogging every day, right?
嘿，喬瑟夫！你每天都去慢跑，對嗎？

B: Not today. I have a date tonight.
今天不了。我今晚有個約會。

A: Wow! That's nice!
哇！真棒！

B: She is really pretty. I like her very much.
她非常漂亮，我很喜歡她。

A: That's for sure!
這是當然的！

自己做

1. Cathy _____ apples every afternoon.
   凱西每天下午都吃蘋果。

2. Melissa _____ out for a date every weekend.
   梅麗莎每個周末都出門約會。

3. I always _____ sleepy when I am in class.
   我上課時總是覺得想睡。

4. The house _____ beautiful.
   這房子很漂亮。

解答：1. eats 2. goes 3. feel 4. is

過去式

暖場生活對話 🎧 MP3 33

A: I talked with Kyle this morning.
我今天早上和凱爾談過了。

B: How was it going?
進行得如何？

A: He didn't give me my money back!
他沒有還我錢！

B: Why was that?
怎麼會這樣？

A: He just intended to piss me off!
他就是故意要氣我！

文法重點

　　如果想要表達的句子裡的時間點發生在過去，也就是句子的內容是「**已經發生的事**」或「**做過的動作**」，那麼就必須要用**過去式**來表達。另外，在把句子改成過去式的時候，一定要特別注意**動詞變化**，大部分的一般動詞都是在尾巴加上 -ed 字尾，但有些字比較自由，不會按照變化的規則來，那麼這些就是不規則變化的動詞。

① Be 動詞的過去式變化

現在式	過去式
is	was
am	
are	were

❷ 一般動詞的過去式變化

變化方式	現在式 → 過去式
規則變化 字尾加上 -ed	play → played watch → watched talk → talked
不規則變化	go → went do/does → did catch → caught

🗨 過去簡單式

如果我們想要表達的是在**過去時間點**所發生的動作或狀態，而且這**動作或狀態已經結束**，那麼就會使用**過去簡單式**。

在過去式的句子裡常會出現**表示過去時間點的副詞（片語）**，例如 yesterday（昨天）、last month（上個月）、last week（上週）等等。

★常與過去簡單式搭配的時間副詞（片語）

last ~ 上一次的	last week（上禮拜）、last month（上個月）、last year（去年）
~ ago 在～之前	a few days ago（幾天前）、three hours ago（三個小時之前）
其他	in the past（在過去）、once（曾經）、yesterday（昨天）、the other day（某天）

句子結構長這樣！ •---

主詞＋過去式 Be 動詞／一般動詞＋〔時間副詞（片語）〕

其中時間副詞（片語）不一定要出現，但是如果有提供事件發生的時間點，就能讓句意更加的明確。

- I went to school late yesterday. 昨天我去學校遲到。

- Alisa received your letter last night. 愛麗莎昨晚收到你的信。

- She was a teacher 30 years ago. 她三十年前是個老師。

主詞＋used to＋原形動詞

想要表達「**在過去常常～**」的意思時，可以在主詞後面加上「used to＋原形動詞」，特別要注意，在這種句子裡提到的狀態或動作，**現在已經不再發生，或是不再這麼做了。**

- My mother used to work late. 我媽媽以前常常工作到很晚。

- Henry used to go jogging every day. 亨利以前每天都會慢跑。

在英文裡有兩個也很常用的句型，長得跟上面的「主詞＋used to＋原形動詞」非常像，在這裡一起看看吧！

【比較1】

主詞（人）＋Be動詞＋used to＋Ving/名詞

（某人）習慣於～

這裡 used to 裡的 to 是**介系詞**，所以後面要加上**名詞或動名詞**，用來表達「**某人習慣於某事**」。

- My mother is used to working as a teacher.
  我媽媽很習慣當老師了。

- I am used to walking to work.
  我習慣走路上班。

【比較2】

主詞（物）＋Be動詞＋used to＋原形動詞

（某物）是用來～

- The knife is used to cut the meat.
  刀子是用來切肉的。

- The card is used to enter the building.
  這張卡是用來進入大樓的。

A: I went to a gym last night.
我昨晚去健身房了。

B: I used to work out every night as well.
我以前也曾經每晚都去健身。

A: But you still look very fit now.
但你現在看起來身材還是很好。

B: It's because I'm used to having dietary management.
這是因為我已經習慣飲食控制了。

自己做

1. She _____ jogging yesterday.
她昨天去慢跑。

2. He _____ a teacher 3 years ago.
他三年前是個老師。

3. Steve _____ _____ go shopping every weekend.
史蒂夫以前每個週末都去購物。

4. Mark _____ _____ _____ going swimming every night.
馬克習慣每晚都去游泳。

解答：1. went 2. was 3. used to 4. is used to

Chapter 3 未來式

暖場生活對話 🎧MP3 35

A: I will go shopping tomorrow.
我明天會去購物。

B: Why?
為什麼？

A: I am going to have a party in two days.
我打算兩天後要辦派對。

B: Will there be a lot of people?
會有很多人參加嗎？

A: Yeah, a lot of my friends will come.
會啊，我很多朋友會來。

文法重點

　　如果想要用英文來表達**發生在未來時間點的動作或事件**，那就必須要使用未來式。一般來說未來式最常用來表達「**未來可能發生的事**」和「**未來想要做的事**」，下面就一起來看看最常見的兩種未來式的表達方式吧！

💬 主詞＋will＋原形動詞

　　「will＋動詞原形」是最常用的未來式句型，這種句型通常會用在未來可能會發生的事「**表達推測**」，或是要做的動作是「**臨時決定**」的時候。另外，will 也可以用在「**不確定的預定事項**」或「**沒有根據的預測**」上。

　　想要寫出未來式否定句的時候，只要在 will 之後加上 not（will not 可以省略成 won't），另外，若將 will 和主詞的順序調換，就能構成**疑問句**。

句子結構長這樣！ •---

❶ 肯定句

主詞＋will＋原形動詞

➡ Lisa will finish her homework by this afternoon.
麗莎會在今天下午前完成她的功課。

❷ 否定句

主詞＋will＋not＋原形動詞

➡ Caroline will not come back home today.
凱洛琳今天不會回家。

❸ 疑問句

Will＋主詞＋原形動詞

➡ Will you attend the meeting?
你會出席那場會議嗎？

💬 主詞＋am/are/is＋going to＋原形動詞

除了「will＋動詞原形」之外，最常看到的就是「am/are/is＋going to＋原形動詞」的句型，這個句型用來表達的是「**最近發生的可能性很高**」和「**已經確認會去做的事**」，另外，如果用這個句型來做出預測，那這種預測一定是「**有根據的預測**」，不是隨便說說的喔！

想要寫否定句的時候，只要在 am/are/is 的後面加上 **not** 就可以了。如果把 am/are/is 和主詞的**順序調換**，就會變成疑問句。

句子結構長這樣！ •---

❶ 肯定句

主詞＋am/are/is＋going to＋原形動詞

➡ I am going to visit my parents tomorrow.
我明天會去看我爸媽。

❷ 否定句

主詞＋ am/are/is ＋ not ＋ going to ＋原形動詞

➡ Alice is not going to buy the bag.
艾莉絲不打算買那個包包。

❸ 疑問句

am/are/is ＋主詞＋ going to ＋原形動詞

➡ Are you going to see the movie tomorrow?
你明天要去看電影嗎？

⚡ 充電站

will 與 am/are/is going to 的用法差異

1. 兩者都可以用在「預測未來」的狀況，但 am/are/is going to 所表達的是「**有根據的預測**」。

- It will rain. 要下雨了。 ➡ 晴空萬里下做的推測

- It is going to rain. 要下雨了。 ➡ 烏雲密布下做的推測

2. will 可使用於「**臨時決定**」或「**突然改變**」的狀況，而 am/are/is going to 表達的通常是「**原先就策劃好**」的預定事項。

- Sally is going to the party. I will go there, too.
莎莉會去那個派對，我也會去。

➡由 will 與 am/are/is going to 之間的用法差異可以知道，Sally 本來就要去那個派對，而說話的人之前是不想去的，不過現在改變心意要去了。

A: What are you going to do this weekend?
這週末你打算要做什麼？

B: Actually, I have no plans.
其實我沒有計畫。

A: Will you join Ted's birthday party?
你會去參加泰德的生日派對嗎？

B: Hmm... not really into it, I'll let you
know if I'm going.
嗯……其實沒有很想參加，如果我要去會再和你説。

A: Then let's keep in touch.
那我們保持聯繫吧。

自己做

1. _____ Alice go to church tomorrow?
愛麗絲明天會去教堂嗎？

2. I am _____ _____ see the doctor this Friday.
這禮拜五我要去看醫生。

3. She _____ _____ go to work tomorrow morning.
明天早上她不會去工作。

4. Lisa _____ _____ _____ attend the conference
next Wednesday.
麗莎打算參加下周三的會議。

解答：1. Will 2. going to 3. will not 4. is going to

90

Chapter 4 進行式

A: Ted is doing exercise now.
泰德現在正在運動。

B: That's why he is so muscular.
那就是他肌肉這麼發達的原因。

A: Summer is coming. The camera will love him.
夏天快來了。他一定是鏡頭寵兒。

B: I was wondering if we can also be fit last night.
我昨晚在想我們的身材是不是也可以變好。

A: Let's try to do some exercise, then.
那我們來試著做點運動吧。

文法重點

顧名思義「**進行式**」，就是用來表達「**正在發生的事**」，那麼 She is jogging. 和 She jogs. 這兩句話有什麼差別呢？

不用想得太複雜，先想想我們前面提到的現在式所表達的是什麼？沒錯，就是現在的狀態或是習慣！所以 She jogs. 說明了「一種習慣」，而**在 Be 動詞後面加上 Ving** 的 She is jogging. 表達的則是「**一個正在進行的狀態**」。

要注意在進行式裡**只能出現動作動詞**〔有實際動作的動詞，例如 talk（說話）、stand（站立）、cut（切割）等等〕，而**不能使用狀態動詞**〔表示狀態的動詞，例如 know（知道）、mind（介意）〕。這是因為狀態動詞表示的是維持某一個狀態的樣子，所以不能用在表達進行中的動作的進行式中。

大家在看英文句子的時候應該會很常看到進行式的用法，下面我們就根據**現在**、**過去和未來**，三種時態來分別說明吧！

💬 現在進行式

　　現在進行式的基本句型是「Be 動詞 [am/are/is]＋Ving」，現在進行式可以用來表達「**正在進行中的動作**」及「**不久後即將發生的動作或者預定計畫**」。

1 表達正在進行中的動作

- They are dating now. 他們正在約會。

- Tina is fighting with David. 蒂娜正在跟大衛吵架。

2 不久即將發生的動作或者預定計畫

- The event is coming. 那活動快到了。

- I am quitting my job soon. 我很快要辭職了。

💬 過去進行式

　　過去進行式的基本句型是「**過去式 Be 動詞**[was/were]＋Ving」。用來表示「**過去某一時間持續的動作**」的意思，也就是用來表示在過去某個時間點所持續進行的動作。

- Jimmy was sleeping last night. 吉米前一晚正在睡覺。

- I was riding my bike last afternoon. 我昨天下午正騎著腳踏車。

💬 未來進行式

　　未來進行式的基本句型是由「will＋be＋Ving」所形成的。用來表達「**在未來的某個時間點應該會發生的持續動作**」。

- Alice will be going shopping tomorrow. 艾莉絲明天會去購物。

注意！ 未來進行式裡的 will 沒有邀請或是請求等表示意志的意思，因此同樣都是 Will you ~? 的句子，使用未來進行式的那句只是單純詢問而已，沒有其他涵義。

- Will you go to the party next Saturday?

➡ 你會去下星期六的派對嗎？【帶有邀請的意思】

- Will you be going to the party next Saturday?

➡ 你卜星期六會去那個派對嗎？【單純詢問對方的行程】

A: You are crying. What's wrong?
你在哭。怎麼了嗎？

B: My girlfriend is breaking my heart.
我女朋友讓我心碎。

A: Why's that?
為什麼會這樣？

B: She was dating someone else.
她之前在和別人約會。

A: Well, you deserve better.
嗯，你值得更好的。

自己做

1. David was _____ last night.
昨晚大衛在睡覺。

2. Her boyfriend is _____ TV.
她男朋友正在看電視。

3. She is _____ a bicycle.
她正在騎腳踏車。

4. The carnival is _____.
嘉年華快到了。

解答：1. sleeping 2. watching 3. riding 4. coming

在英文裡有個特別的存在，叫做「**完成式**」，完成式就像他的名字一樣，表達的是「**事件或是動作的完成**」。

因為表達的意思是「完成」，所以給人的感覺跟過去式很像，但其實完成式和過去式是完全不同的喔！

完成式所表達的事件或動作的完成、完結，是**一段時間線**的概念，這件事或是動作是**持續了一段時間才完成**的，而事件或動作結束的時間點就決定了句子是**現在完成式**、**過去完成式還是未來完成式**。

而過去式所表達的事件或動作的完成、完結，是**一個時間點**的概念，事件或動作是**在當下的時間點就已經完成**，和其他的時間點之間沒有連結。

是不是覺得有點模糊不清？看看接下來的解說就會更清楚囉！

完成式

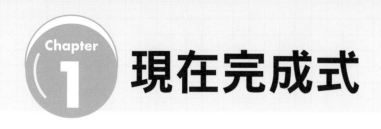

現在完成式

Chapter 1

暖場生活對話 🎧 MP3 39

A: Have you ever been to Hong Kong?
你有去過香港嗎?

B: No. But I have just booked a ticket to there.
沒有,但我剛剛才訂了一張去那裡的機票。

A: I've been there several times, I can recommend you some nice places.
我去過那裡幾次,我可以推薦你一些好地方。

B: Thanks, I have always wanted to be there since I was little.
謝了,我從小時候就一直想去那裡。

文法重點

完成式可以用來表達「動作的完成或延續」,而**現在完成式**則是用來表達「**從過去連結到現在的狀態**」時使用,要特別注意的是**現在完成式「和現在有關」**的這個重點。

💬 現在完成式的概念

現在完成式被用來表達「已經做了～」、「曾經做過～」或「到現在都一直做～」等含意,表面上看起來與過去式很相似,都是用來表達「動作或事件的完結」,但其實現在完成式表達的是「**把過去和現在連結在一起**」的概念,也就是「**過去會對現在造成影響**」的感覺,而**過去式**表達的則是「**已經結束、發生在過去時間點,與現在沒有任何連結的事件或動作**」。

這樣說起來好像有點難懂,來看看下面這兩個句子有什麼不同吧!

A. I went to Hong Kong last year. 我去年去了香港。

B. I have been to Hong Kong several times. 我曾去過香港幾次。

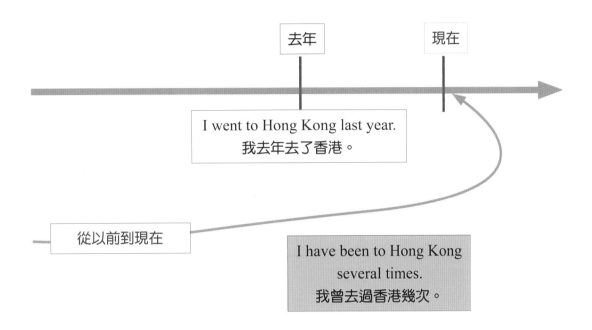

　　在 A 句裡「去香港」這件事發生在去年，是一件**已經結束且和現在時間點沒有關聯**的事情，單純敘述「去年去了香港」的事，而沒有表達這件事和現在有什麼連結。而 B 句的「去香港」表達的是「從以前到現在」的這段時間裡曾去過香港，而這件事**與現在產生了連結**，變成「**從以前延續到現在的經驗**」。

　　從上面這兩個句子的差別，我們就可以知道**過去式**的重點放在「**當時**」、而**現在完成式**的重點則在於「**現在**」。

現在完成式的基本句型

　　現在完成式的**基本句型**是「have＋**過去分詞**」，如果碰到第三人稱單數當主詞，那 have 就要改成 has。

- I have been to Japan. 我曾經去過日本。

- Sam has been to Japan. 山姆曾經去過日本。

如果要寫**否定句**的話，則在 have/has 的後面加上 **not**，可以省略成 **haven't/hasn't**。

- You have not[haven't] finished your homework. 你還沒完成你的作業。

- Kelly has not[hasn't] seen the movie. 凱莉沒看過那部電影。

只要將**主詞**和 have/has 的順序互相調換，就可以構成**疑問句**。

- Have you ever been to Japan? 你曾去過日本嗎？

- Has Jason finished his homework? 傑森完成他的功課了嗎？

💬 現在完成式的意義

① 用來表達「（已經）做了～」的完結意義，也就是「過去做的某個動作，到現在已經完成」。如果在動作之前加上 **just** 則可表達「這個過去的某個動作，才剛完成」。

- I have finished my work. 我已經把工作做完了。

- I have **just** finished my work. 我剛剛才把工作做完。

② 用來表達「（至今）曾做過～」的經驗意義。這是因為過去發生的經驗，都會對現在造成影響（可以想想類似「過去的人生成就現在的自己」這種感覺），所以可以用現在完成式來表達。

- Have you ever been to the United States? 你曾經去過美國嗎？

- Carol has ever eaten snakes. 凱蘿曾經吃過蛇肉。

③ 用來表達「（至今一直）做～」的持續意義，當一個動作從過去到現在都一直持續，而且未來可能會繼續下去的時候，就可以用現在完成式來表達。

- I have been ill for three months. 我已經病了三個月了。

- How long have you lived in Taiwan? 你住在台灣多久了？

⚡ 充電站

在用現在完成式表達「持續」的句子裡面，常會使用 **for** 或 **since** 來表達動作持續的時間，如果這個「期間」指的是「**一段時間**」，就會用 for ~（～期間），而要指出「**動作開始的時間點**」是在什麼時候，則會使用 since ~（從～以來）。

- **for：後面加上「一段時間」，表示持續的期間**

  - Melissa has lived in Taiwan **for** <u>20 years</u>.
    梅莉莎已經住在台灣 20 年了。

  - I have worked here **for** <u>5 years</u>.
    我已經在這裡工作 5 年了。

- **since：後面加上「一個時間點」，表示從那個時間點開始持續到現在**

  - Ted has been here **since** <u>9 o'clock</u>.
    泰德從九點開始就一直在這了。

  - I have enjoyed reading comic books **since** <u>I was little</u>.
    我從小時候開始就很愛看漫畫。

💬 現在完成進行式

現在完成式可以用來表達從過去開始、持續進行到目前的動作，但如果想要強調「**這個動作還在持續**」，那就可以用**現在完成進行式**來表達。

要寫出現在完成進行式的句子，只要把 have/has been 後面的動詞改成 **Ving** 的形式就可以了。

have/has been + Ving

- It has been raining for three weeks. 已經連續下了三個星期的雨了。

- They have been working since Friday. 他們從星期五開始就一直工作到現在。

- What have you been doing lately? 你最近在做什麼呢？

A: Have you ever been to London?
你有去過倫敦嗎？

B: No, have you?
沒有，你去過嗎？

A: No, but I have been preparing for a trip to there next year.
沒有，但我一直在為明年要去那裡旅行做準備。

B: Wow, when have you scheduled for?
哇，你已經定好要什麼時候去了嗎？

A: Maybe next March.
也許在明年三月。

自己做

1. Melissa _____ _____ to Japan many times.
梅麗莎已經去過日本許多次了。

2. Ted _____ just _____ dinner.
泰德剛剛吃了晚餐。

3. Harry has been working out _____ April.
哈利從四月開始健身。

4. It has _____ raining _____ 3 weeks.
已經下了三個星期的雨了。

解答：1. has been 2. has, eaten 3. since 4. been, for

過去完成式

Chapter 2

暖場生活對話 🎧 MP3 41

A: Do you want to eat lunch with me?
你想和我一起吃午餐嗎？

B: I have already had lunch with my friend.
我已經和我朋友吃過午餐了。

A: Oh, what about Melissa?
噢，那梅麗莎呢？

B: By the time I left, Melissa had had lunch.
在我離開之前，梅麗莎已經吃完午餐了。

A: That's too bad.
太可惜了。

文法重點

完成式可以用來表達動作的完成或延續，而如果**搭配的子句時態是過去式**，那就表示這個子句內的動作或事件已經結束，而且時間點是在過去，使用的就會是**過去完成式**。

過去完成式的概念

過去完成式的基本句型是「had＋過去分詞」，在過去完成式的句子裡，所發生的事情、做的動作，**全都是在過去的時間點和更之前的時間點所發生的**，這些事情或動作都已全部完結。另外，就算碰到第三人稱單數當主詞，**had** 也不用做任何變化。

這樣說起來好像有點模糊，我們一起來看看例句吧！

- **The bus had already left** when I got to the bus stop.
  我到公車站牌的時候，公車已經開走了。

前面這個句子裡面有兩個時間點：

時間點 ❶：the bus left 公車開走

時間點 ❷：I got to the bus stop 我到了公車站牌

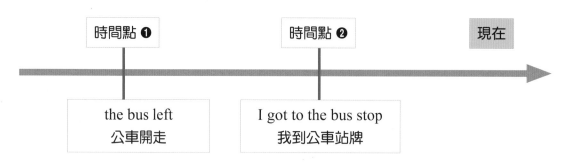

　　這裡可以看到不論是公車開走，還是我到公車站牌，這兩件事都是發生在過去時間點，只是「公車開走」的時間點比「我到公車站牌」更早，所以為了要清楚表達這種時間差，就要使用「過去完成式」。

　　也可以把過去完成式想成：「把現在完成式的句子裡的時間點往更早的時間移動。」這樣會比較容易理解。

🗨 過去完成式的意義

❶ 表示「已經完成～」的完結意義，也就是「在過去的某個時間點，動作已經完成」的意思。

- I had finished writing before the bell rang.
  在鐘聲響起之前，我已經寫完了。

- When Ted arrived home, Melissa had gone jogging.
  當泰德回到家的時候，梅麗莎已經去慢跑了。

❷ 表示「曾經做過～」的經驗意義，用來表達「在過去的某個時間點之前的經驗」。

- I had never eaten in this restaurant until Jason asked me to.
  在傑森邀請我之前，我從來沒有在這家餐廳吃過飯。

- Jane had joined a study group before she took the exam.
  珍在考試前參加過一個讀書會。

❸ 表示「在那之前一直都是～」的持續意義，也就是傳達「到過去某個時間點為止，某個動作或狀態的持續存在」的意思。

- I had used computers to work before I bought a tablet.
  在我買平板電腦之前，我都是用電腦工作。

- I had always eaten out before I got married.
  我在結婚前都在外面吃。

❹ 表示「兩件事的先後順序」的時間差意義，當句子裡出現的兩個動作都發生在過去時間點時，「先發生的用過去完成式，後發生的用過去式」。

- I found that I had met my new teacher.
  我發現我曾見過我的新老師。

- Alice realized she had missed the chance to introduce herself.
  愛麗絲發現她錯過了自我介紹的機會。

★從現在式開始學到現在，是不是覺得時態很複雜呢？別擔心，下面這個時態總整理的表格，包括了從現在式到下一章要解說的未來完成式的所有時態，讓你能夠一眼就看懂喔！

時態	基本句型	意義
現在式	主詞＋Be 動詞／一般動詞	表達「現在的狀態」、「習慣」以及「不變的真理、性質、事實」
過去式	主詞＋過去式 Be 動詞／一般動詞	表達「已經發生的事」或「做過的動作」
未來式	主詞＋will＋原形動詞	表達「未來可能發生的事」和「未來想要做的事」
進行式	Be 動詞＋Ving * 會隨著句子的時間變化，而選用不同時態的 Be 動詞	表達「正在發生的事」或「正在進行的狀態」
現在完成式	have＋過去分詞	表達「已經做了～」、「曾經做過～」或「到現在都一直做～」
過去完成式	had＋過去分詞	表達「已經完成～」、「曾經做過～」、「在那之前一直都是～」及「兩件事的先後順序」
未來完成式	will＋have＋過去分詞	表達「在未來的某個時間點，動作或狀態的持續、完結和經驗」

MP3 42

A: How are you doing?
你過得怎麼樣？

B: I'm okay, but I didn't sleep until 5 o'clock in the morning.
還可以，但我到早上 5 點才睡。

A: Why's that?
怎麼會這樣？

B: I had had to finish a report before I went to work.
在我去工作之前，得完成一個報告。

A: That was annoying!
那也太討厭了吧！

自己做

1. I _____ _____ really hungry before she bought me dinner.
在她買晚餐給我之前，我真的很餓。

2. Sally _____ worked hard until she was accepted by UCLA.
莎莉在被 UCLA 錄取之前都非常努力。

3. Frank got off the bus and realized that he _____ forgotten his umbrella.
法蘭克下了公車才發現他把傘忘了。

4. I had never drunk until I _____ 21.
我在 21 歲之前從來沒喝醉過。

解答：1. had been 2. had 3. had 4. was

Chapter 3 未來完成式

暖場生活對話 🎧 MP3 43

A: How long have you stayed in Taipei?
你在台北待多久了呀？

B: I will have lived here for four years next week.
到下個星期我就在這裡住四年了。

A: How time flies! What about your work?
真是時光飛逝啊！那你的工作怎麼樣？

B: My boss told me that I will have been promoted by the end of this year.
我老闆之前告訴我，我會在今年底升職。

A: Congratulations!
恭喜啊！

文法重點

　　未來式可以用來表達未來可能發生的事或未來想要做的事，當把未來式和完成式結合在一起，就會構成**未來完成式**。

💬 未來完成式的概念

　　未來完成式的句型是由未來式的「will」和完成式的「have＋過去分詞」組合而成的「will＋have＋過去分詞」，用來表達從現在到未來的某個時間點的那段時間裡，某個動作會完成，也就是「**在未來的某個時間點，動作或狀態的持續、完結和經驗**」。

　　光看文字實在有點難懂，我們就利用上面的對話例句來解釋一下吧！

- I will have lived here for four years next week.
  到下個星期我就在這裡住四年了。

如果畫個時間軸來看這個句子，就會像下面這樣：

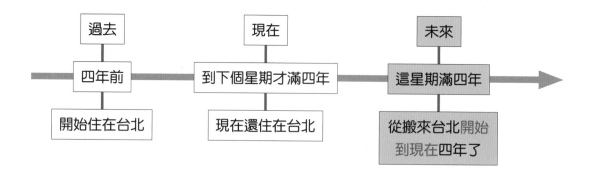

可以看到這裡的**未來時間點**是「**下星期**」，而**持續**的動作或狀態是「**住在台北**」，所以這句話就是要表達「**到下個星期將持續住在台北滿四年**」這種持續的意味。接下來我們一起看看未來完成式還能用在哪些地方吧！

💬 未來完成式的意義

❶ 表示「在那之前就持續～多久了」的動作、狀態的持續意義，表示到未來某個時間點為止，動作或狀態的持續。

- I will have studied French 5 years next month.
  到下個月我就已經學了 5 年的法文了。

- My father will have been 60 next year.
  我爸爸到明年就滿 60 歲了。

❷ 表示「（在～之前）應該會（已經）是～的狀態」的完結意義，也就是「在未來的某個時間點，某個動作或行為預定在那時會完成」的意思。

- Lisa will have done the report by this Friday.
  在這個星期五之前，麗莎應該會把這份報告完成。

- I will have learned how to cook by the time I turn 20.
  在我滿 20 歲的時候，我應該已經學會如何做菜了。

❸ 表示「應該做過～」的經驗意義，敘述在未來的某個時間點之後應該就會經歷到的事情或做出的動作。

- Stan will have read the book 3 times if he reads it again.
  如果斯坦再看一次這本書，他就已經看過 3 次了。

- Alice will have been to London 10 times if she goes there next month.
  如果艾莉絲下個月再去倫敦，她就已經去過 10 次了。

⚡ 充電站

- **by the time ＋子句：到～的時候、在～之前**

  「by the time ＋子句」是個常與未來完成式搭配的片語，用來表達「**在某個時間之前，某個動作就會完成**」的意思。這裡特別要注意，雖然 by the time 後面接的子句是表達未來發生的事情，但這個子句必須要用**現在式動詞**。

  - By the time my mom **arrives** home, I will have finished my homework.
    在媽媽到家的時候，我應該已經完成我的作業了。

  - By the time my dad **takes** a shower, my brother will have arrived home.
    在我爸爸淋浴之前，我弟弟應該已經到家了。

A: Do you clean your room by yourself?
你是自己打掃房間的嗎？

B: No. Usually my mom will have cleaned my room by the time I get home.
不是，通常我回到家的時候，我媽就會把我的房間打掃好了。

A: Wow, so also you don't cook dinner by yourself?
哇，所以你也不用自己煮晚餐嗎？

B: My mom will have cooked dinner by the time everyone's home.
我媽媽在所有人回到家之前，就會把晚餐煮好了。

A: I so envy you.
我好嫉妒你啊。

自己做

1. I will have _____ a teacher for five years by the end of next month.
到下個月底的時候，我就當老師五年了。

2. By the time he gets home, his mom will have _____ the house.
在他回到家的時候，他媽媽就會打掃完房子了。

3. Hanson _____ _____ finished his report by next week.
韓森到下星期就會完成他的報告了。

4. I will _____ _____ this book four times if I read it again.
如果我再看一次這本書，我就看四次了。

解答：1. been 2. cleaned 3. will have 4. have read

108

被動態

被動態 VS. 主動態

暖場生活對話 🎧 MP3 45

A: They built the house 50 years ago.
他們五十年前蓋了那棟房子。

B: Seriously? I couldn't tell it was built then.
真的嗎?我無法看出它是那時蓋的。

A: Some workers are paid to do the maintenance.
有雇用一些工人來做維護工作。

B: The house is painted really well.
那棟房子真的被漆得很美。

A: Yeah, it is in good hands.
是呀,它被照顧得很好。

文法重點

前面我們學到的句子,大都直接表達出**主詞**所做的動作,例如:

- Alice walked the dog.
  艾莉絲遛了狗。

像上面這種直接說明主詞所做動作的句子,就叫做主動態,但如果想要強調「**受詞(dog)受到了動作(walked)的影響**」,那我們就可以用上**被動態**來表達。

使用被動態是為了讓原本主動態句子裡的受詞顯得更重要,所以把這個受詞擺到最前面變成主詞來凸顯它的重要性,另外,不是所有動詞都可以用在被動態裡,**只有後面可以直接接受詞的及物動詞有被動態**,這點要特別注意。

🍃 被動態的基本構成

在把主動態句子改成被動態的時候，會發生下面這種變化：

句子結構長這樣！•--

主詞＋動詞＋受詞

➡ 主詞（原本主動態裡的受詞）＋Be 動詞＋過去分詞

Step ❶ 把主動態句子裡的受詞拿來當主詞

Step ❷ 依照主動態句子裡的動詞時態，決定要用哪個時態的 Be 動詞

Step ❸ 把動詞改成過去分詞的形態

★實際改一次！

- Alice walked the dog.
  艾莉絲遛了狗。

➡ The dog was walked.
  狗被遛了。

有沒有發現原本主動態句子裡的主詞不見了，所以如果我們單看 The dog was walked. 這個句子，看不出來遛狗的人是誰，因此為了解決這個困擾，我們可以在句尾加上「by ＋動作者」。

- Alice walked the dog.
  艾莉絲遛了狗。

➡ The dog was walked by Alice.
  狗被艾莉絲遛了。

🍃 進行式被動態 VS. 完成式被動態

進行式和完成式的主動態句子也可以改成被動態句子，進行式被動態用來表達「接受動作的對象正在被～」，而完成式被動態則是表達「接受動作的對象已經被～了」。

① 進行式被動態的基本構成

把「進行式」和「被動態」組合起來就會變成「Be 動詞＋being＋過去分詞」，特別要注意 Be 動詞的後面要記得加上 being，表示動作正在被進行中。

句子結構長這樣！•---

主詞＋Be動詞＋Ving＋受詞

➡ 主詞（原本主動態裡的受詞）＋Be動詞＋being＋過去分詞

Step ❶ 把主動態句子裡的受詞拿來當主詞

Step ❷ 依照主動態句子裡的動詞時態，來決定要用哪個時態的 Be動詞

Step ❸ 把 Ving（動名詞）改成「being＋過去分詞」的形態

★實際改一次！

- Jason is cooking dinner.
  傑森正在煮晚餐

➡ Dinner is being cooked by Jason.
  晚餐正在由傑森煮。

② 完成式被動態的基本構成

想要用被動態表示「已完結的情況」時就需要用到完成式被動態。把完成式和被動態組合起來，就會構成「have/has＋been＋過去分詞」的句型。

句子結構長這樣！•---

主詞＋have/has＋過去分詞＋受詞

➡ 主詞（原本主動態裡的受詞）＋have/has＋been＋過去分詞

Step ❶ 把主動態句子裡的受詞拿來當主詞

Step ❷ 根據主動態句子裡受詞的單複數，決定要用 have 或 has

Step ❸ 在 have/has 後面加上 been，原本的過去分詞不用更動

★實際改一次！

- I have finished the report.
  我已經做完那份報告了。

- ➡ The report has been finished by me.
  那份報告已經被我完成了。

🗨 被動態的使用時機

為什麼主動態的句子寫得好好的，要改用被動態呢？主要原因有下面三點。

❶ 主動態會比被動態的表達來得更直接，使用被動態會顯得比較委婉

在一些情境裡，直接說明動作者是誰會顯得太過直接，讓人覺得不夠禮貌客氣，這個時候就會使用被動態來表達，讓語氣顯得較為委婉客氣。

- The organization rejected your application.
  本機構拒絕你的申請。

- ➡ Your application was rejected (by the organization).
  你的申請被拒絕了。

同樣都是拒絕對方的申請，使用被動態的語意較為客氣。

❷ 使用被動語態更能凸顯受詞的重要性

為了凸顯受詞的重要性而把受詞當作句子的主詞，以被動態改寫，讓受詞成為主角。

- Emily wrote the book. 艾蜜莉寫了這本書。【句子的主角是艾蜜莉】

- ➡ The book was written by Emily.
  這本書是艾蜜莉寫的。【句子的主角是這本書】

❸ 不知道動作者是誰

在不知道做動作的人是誰，也就是無法指出做動作者的時候，就會使用被動態。

- Someone canceled the school today.
  有人讓學校今天停課。

- ➡ The school is canceled today.
  今天學校被停課。【不知道做動作者是誰】

A: I was told to finish the group report by today.
我被告知要在今天之前完成小組報告。

B: You were told by who?
誰告訴你的呢？

A: Our teacher told us during yesterday's lecture.
我們老師昨天上課時告訴我們的。

B: All the information has been gathered already. I think you can finish it soon.
所有資料都已經收集好了，我覺得你們可以很快完成它。

A: I hope so. The conclusion is being written by Ted now.
我希望是這樣，泰德現在正在寫結論。

自己做

1. The house _____ _____.
那棟房子被漆了油漆。

2. The dinner _____ _____ _____ by mom.
媽媽正在做晚餐（晚餐正在被媽媽做）。

3. I _____ _____ to follow the rules.
我被要求要遵守規則。

4. As she came, the video game _____ _____ played.
當她來的時候，有人正在打電動（電動正在被玩）。

解答：1. was painted 2. is being cooked 3. was asked 4. was being

Chapter 2 間接被動態

A: Who gave you the cake?
　是誰給妳這個蛋糕的？

B: The cake was given to me by my classmates.
　這蛋糕是我同學們給我的。

A: It's sweet of them to celebrate your birthday.
　他們為妳慶生真是貼心。

B: This gift was given to me this morning, too!
　今天早上還給了我這份禮物！

A: Wow! You are definitely considered important by them.
　哇！他們一定覺得妳很重要。

文法重點

　　前面提到被動態句子裡的主詞，是把主動態裡的受詞拿來當主詞。在這樣的規則之下，如果句子裡只有一個受詞，例如 I write a letter（我寫了一封信），這個句子裡的受詞是 a letter，要改成被動態只要簡單地把 a letter 拿來當主詞就可以了。但如果一個句子裡有**兩個受詞**呢？或是一個句子裡除了受詞，還有用來補充說明受詞的**受詞補語**，那要怎麼把句子改成被動態呢？

有兩個受詞的句子

　　這種擁有兩個受詞的句子就是前面提到過的「**主詞＋動詞＋間接受詞（人）＋直接受詞（物）**」（SVOO）的句子，這種句子裡用的動詞是及物動詞裡的「**授予動詞（用來給別人東西的動詞）**」，而這種句子可以改成兩種被動態句子：**以直接受詞（物）為主詞的被動態**或**以間接受詞（人）為主詞**的被動態，這兩種被動態都被稱作**間接被動態**。

句子結構長這樣！ •--

主詞＋動詞＋間接受詞（人）＋直接受詞（物）

➡ My father gave me a gift. 我爸爸給了我一個禮物。

➡ A gift was given to me by my father.【以直接受詞當主詞】

➡ I was given a gift by my father.【以間接受詞當主詞】

❶ 以直接受詞（物）當作主詞

把直接受詞（物）當作主詞的時候，要注意間接受詞（人）的前面要加上**介系詞**，通常與授與動詞搭配的介系詞會是 to 或 for。（可以翻回去 SVOO 句型看看授予動詞和搭配的介系詞喔！）

• My father gave me a gift.

➡ A gift was given to me by my father.

❷ 以間接受詞（人）為主詞

把間接受詞（人）當作主詞的時候，會把直接受詞（物）放在「be 動詞＋過去分詞」之後，另外，在把間接受詞變成被動態句子裡的主詞時，**受格必須轉變成主格**，要特別注意這一點。

• My father gave me a gift.

➡ I was given a gift by my father.

🔍 受詞後有補語的句子

在受詞後面會加上補語的句子，就是我們前面學過的「**主詞＋動詞＋受詞＋補語**」（SVOC）句型，這種句子改成被動態後，**補語要放在「Be 動詞＋過去分詞」的後方**。

句子結構長這樣！ •--

主詞＋動詞＋受詞＋補語

➡ My friends consider me important. 我的朋友們認為我很重要。

➡ I am considered important by my friends.【受詞改成主格主詞】

就像左下的例子那樣，改成被動態時會把補語（important）放在「Be 動詞＋過去分詞」（am considered）的後方，特別要注意的是，在把主動態改成被動態句子時，原本的受詞一定要記得改成主格主詞。

⚡ 充電站

● **做為補語的名詞不能當作被動態的主詞！**

在 SVOC 句型裡出現的補語不一定是形容詞，也有可能是名詞，當碰到補語是名詞時，大家就要特別注意喔！因為受詞和補語都是名詞的關係，有的時候會搞錯句中的受詞究竟是哪一個，或是和上面介紹的有兩個受詞的句子搞混，以為句子裡有兩個受詞。

想要區分一個名詞在句子裡扮演的角色，就要**先掌握被動態的核心概念**，也就是「**把接受動作的對象當成主詞**」，所以在把主動態句子改成被動態時，**被動態的主詞一定是「受動作影響的對象」**。

★ 一起看個例子吧！

• I call my daughter a princess.
我叫我女兒公主。

在這個句子裡有兩個名詞 my daughter（我的女兒）和 a princess（一個公主），而**受到動作 call（稱呼）影響的對象是 my daughter** 而不是 a princess，因此**受詞是 my daughter**，要把句子改成被動態時也必須以 my daughter 當作主詞。

（╳）A princess is called my daughter by me.

（○）My daughter is called a princess by me.

A: Was the parcel sent by you?
   那個包裹是你寄的嗎？

B: Yeah, you've already got it?
   是啊，你拿到了啊？

A: Oh, it was delivered to me this morning.
   噢，它今天早上被送來給我。

B: Consider it a gift, I found it suits you.
   就當是個禮物，我覺得它很適合你。

A: Wow, it's so nice of you!
   哇！你人真好！

自己做

1. Oranges _____ _____ to Mom.
   柳橙被拿給了媽媽。

2. Diana _____ thought a goddess.
   戴安娜被認為是女神。

3. Your application is sent _____ the school.
   你的申請書被寄給那間學校了。

4. I _____ _____ crazy when I gave up the money.
   當我放棄那筆錢的時候，大家都覺得我瘋了。

解答：1. were given 2. is 3. to 4. was considered

Part 6

不定詞

不定詞概念與基本用法

暖場生活對話 MP3 49

A: What do you want to do now?
　你現在想做什麼呢？

B: I want to get something to eat.
　我想要找點可以吃的東西。

A: Now? We've just had lunch!
　現在？我們剛吃完午餐耶！

B: Yeah, to eat is to live!
　沒錯，活著就是要吃嘛！

A: Okay, but I'll just take a cup of coffee to go.
　好吧，但我只要外帶一杯咖啡就好。

文法重點

　　有沒有覺得上面對話裡的句子有點奇怪，例如 What do you want to do now? 這句，明明已經有了動詞 want，後面卻又出現了動詞 do，不是說一個句子裡面不能出現兩個動詞嗎？

　　別緊張，這個句子其實沒有錯，有注意到出現在 do 前面的 to 嗎？這種由「to ＋原形動詞」構成的詞組就是我們接下來要解說的**不定詞**。**不定詞裡的原形動詞不會被當成一般的動詞**，所以不會讓一個句子出現有兩個動詞的窘境。

　　不定詞在句子裡可以扮演**名詞**、**形容詞**、**副詞**的角色，用來提供關於句子主要內容的附加資訊，像是「**～這件事**」、「**原因**」或「**用途**」等意義。但是要特別注意，我們要先了解不定詞在句子裡扮演的角色，再根據它的角色來解讀這個不定詞的意義，下面我們就一起來看看不定詞要怎麼扮演不同角色吧！

名詞用法

在句子中扮演名詞角色的不定詞，就和名詞一樣可以成為句子的**主詞**、**受詞**或是**補語**，它的意義通常可以理解成「～的這件事」。

① 當成**主詞**

- To know is one thing, and to do is another thing. 知道是一回事，做又是另一回事。

➡ 句子裡的 To know 和 to do 都是**句子主詞**，這樣的寫法比較正式，在書信中比較常見，而在一般對話中不太會使用。

② 當成**受詞**

- Alice wants to go shopping. 艾莉絲想要去購物。

➡ 在許多句子裡，當動詞的後面是以不定詞當作受詞時，常常會用來表達「**要做某事的計畫、想法或意圖**」或「**某人對某事的看法**」。

★ 這些是常在後面接上不定詞當受詞的動詞！

動詞	意義	動詞	意義
want	想要做～	learn	學習做～
fail	無法做～	long	渴望～
swear	發誓要做～	tend	傾向於做～
seek	尋求做到～	proceed	繼續做～
volunteer	自願做～	refuse	拒絕做～

注意！ 如果想要表達否定的情況，那只要在 to 的前面加上 not 就可以啦！

③ 當成**補語**

- My goal is to get the championship. 我的目標是拿到冠軍。
- He made Alan to promise. 他要求艾倫做承諾。

➡ 這裡的 to get the championship 是用來**補充說明 goal**（目標）的內容，而 to promise 則是用來**補充說明**主詞 He **要求**受詞 Alan 所**做的事**。

副詞用法

不定詞被當成副詞的時候，可以放在動詞後面、句首或句尾，用來修飾動詞、形容詞、副詞或整個句子，主要是為了說明「**目的**」、「**結果**」、「**原因**」，這種用法的

不定詞通常被解釋成「為了～」、「在～之後～」或「因為～」的意思。

① 說明目的：「為了～」

- Melissa came here to have dinner. 梅麗莎為了吃晚餐來這裡。

➡這裡的不定詞 to have（為了吃）用來修飾前面的動詞 came（前來），說明 Melissa 來到這裡的**目的**是什麼。

② 說明結果：「在～之後～」

- Alan awoke to spot the house on fire. 艾倫醒來時看到房子著火了。

➡不定詞 to spot（之後目睹）用來修飾前面的 awoke（清醒），解釋 Alan 在醒來之後發生了什麼事的**結果**。

③ 說明原因：「因為～」

- I am happy to eat dinner with you. 和你一起吃晚餐很開心。

➡這邊的 to eat（因為吃）用來修飾前方的 happy（開心），說明了開心的**原因**是和對方一起吃晚餐。

🔍 形容詞用法

不定詞可以放在名詞之後，**扮演修飾名詞的形容詞**角色，被修飾的**名詞**有可能會是**不定詞中原形及物動詞的受詞**。如果不定詞裡的是**原形不及物動詞**的話，可以在它的**後面加上介系詞**，構成一個「及物動詞片語」，這個時候前方出現的名詞就會是介系詞的受詞。通常這種被當成形容詞的不定詞會被解釋成「**用來～的**」的意思。

- Victoria is a woman to be loved. 維多莉雅是個被人愛著的女人。
➡這邊的 to be loved 是一個**被動態**，表示「**被愛著的**」，用來當作修飾 a woman（一個女人）的形容詞。

- I want some water to drink. 我需要一些用來喝的水。
➡to drink 變成修飾 some water（一些水）的形容詞，表示「能喝的、用來喝的」。

- This is a bed for you to lie on. 這張床是給你躺的。
➡這裡的 lie（躺）是不及物動詞，因此在 lie 的後面要加上介系詞 **on**，而 to lie on 被用來修飾前面的 **a bed**（一張床），意思是「用來躺的」。

A: I plan to do the project tomorrow.
我打算明天再做那個專案。

B: Well, you had better do it now. After all, to say is one thing and to do is another.
這個嘛,你最好現在開始做,畢竟,說是一件事,做又是另一件事了。

A: What do you want to say?
你想說什麼?

B: The boss wants to cut costs, so he is finding someone to be fired.
老闆想要節省成本,所以正在看要開除誰。

A: What? I've never heard this before!
什麼?我從來沒聽說過這件事!

B: I guess everyone keeps quiet to make the boss not notice them.
我猜大家為了要讓老闆不要注意到他們而什麼都不說。

自己做

1. I don't want _____ _____ .
   我不想參與。

2. _____ _____ _____ is interesting.
   看電視這件事是有趣的。

3. I'm so hungry, I need something _____.
   我好餓,我需要可以吃的東西。

4. Do you want _____ shopping now?
   你現在想要去購物嗎?

解答:1. to participate 2. To watch TV 3. to eat 4. to go

123

不定詞意義上的主詞

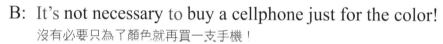 

暖場生活對話 MP3 51

A: I really want to buy that cellphone.
我真的很想買那支手機。

B: It's too expensive for you to buy.
那對你來說太貴了不能買。

A: Yeah, but I like its new color very much...
是啊，但我非常喜歡它的新顏色……

B: It's not necessary to buy a cellphone just for the color!
沒有必要只為了顏色就再買一支手機！

A: Well, I guess you're right...
好吧，我想你是對的……

 文法重點

　　不定詞就是把 to 加在原形動詞之前來表示一個動作，不過這樣一來，就會讓別人不知道做出這個動作的人（也就是**意義上的主詞**）是誰，像是上面對話裡的 It's not necessary **to buy** a cellphone just for the color，到底做出 to buy（購買）動作的人【意義上的主詞】是誰呢？

　　想要表達出不定詞裡原形動詞的「主詞」時，我們可以**在不定詞的前面加上「for ＋名詞」**來把做動作的人說清楚。

● **It is a good chance** for you **to win.** 你有很大的機會可以贏。

➡ 在這個句子裡，做出 to win 裡的 win 這個動作的人是前面 for you 裡的 you，這樣一寫出來，我們就能很清楚的知道有很大機會可以贏的人是 you，這個時候 you 就是**不定詞 to win 意義上的主詞**。

　　把這個 you 叫做「意義上的主詞」，是因為想要和句子裡出現的**主詞 It 做出區別**，這種主詞因為沒有真實意義而被稱為「**虛主詞**」。

使用 It ... to ~ 句型

最常用到不定詞意義上的主詞的時候，就是把**不定詞片語當作全句的主詞**時，我們在前面說過，不定詞當作名詞的時候可以扮演主詞的角色，但是這樣主詞就可能會變得很長，就像下面這個句子。

- To go jogging every morning is good. 每天早上去慢跑很好。

主詞是紅色標出來的那一大段，但動詞 is 和補語 good 都短短的，這樣造成句子會顯得頭重腳輕、不易閱讀。為了解決這個問題，我們**可以用 It 當作主詞，然後把 to 之後的詞組（不定詞片語）放在句子的後半段**。

- It is good to go jogging every morning.

如果想要把做動作的人或物說清楚時，就可以利用「**for＋名詞**」。

- It is good **for you** to go jogging every morning.
  每天早上去慢跑**對你**很好。

在句子裡加上了 for you，就可以知道去慢跑的人是 **you**，而這個 you 就是不定詞意義上的主詞。

充電站

加不加意義上的主詞，會造成句意上的差異，在使用上要注意喔！

- **沒有加上意義上的主詞時**

  - It is difficult to do math. 算數學好難。

  ➡ 這個句子裡沒有加上不定詞意義上的主詞，所以做不定詞 to do（算）這個動作的是誰並不清楚，也就是說「算數學好難。」這件事**對於不指定對象的任何人來說**，都是有可能成立的一件事。

- **有加上意義上的主詞時**

  - It is difficult **for Alan** to do math. 算數學對亞倫來說好難。

  ➡ 在原本的句子裡加上 for Alan 來指出不定詞 to do 意義上的主詞，這句話的意思就變成「對於除了亞倫的其他人來說，也許算數學一點都不難，但**『對亞倫』來說算數學好難**」。

🔍 使用 too ... to ... 句型

還有另一個很常用的句型就是 too ... to ... 句型，這個句型也常會用 **It 當作虛主詞，然後把 to 不定詞詞組放在句尾**。這個在虛主詞 It 後方接的形容詞前加上 too（太～）的句型，是用來表達「**因為太～了，所以不能～**」的**否定意義**，就像下面這個句子：

- It is too tired to study all day.
  因為太累了，所以不能念一整天書。

如果要點出不定詞 to study（念書）意義上的主詞是什麼時，也會使用「**for ＋名詞**」來表達。

- It is too tired **for Gina** to study all day.
  對吉娜來說，因為太累了，所以不能念一整天書。

上面這個句子裡，做出 study（念書）這個動作的人就是 Gina，所以 **Gina** 就是 to study 意義上的主詞。

⚡ 充電站

- **用「of ＋人」表達意義上的主詞**

  除了用「for ＋名詞」來表達不定詞意義上的主詞之外，也可以用「**of ＋人**」來表達。會使用「**of ＋人**」的情況，通常是在某人做出了某個行為之後，造成別人因此**對這個人的特質產生了一些主觀評價**的時候，就會用「of ＋人」來表達意義上的主詞。

  - It's sweet **of you** to give me the gift.
    給我這個禮物，你真貼心。

  在上面這個句子裡，做出「to give」這個動作的人是「you」，而說話的人因為這個 give 的動作，而對 you 做出了 sweet（貼心的）的主觀評價，所以這裡要用「of ＋人」來表達意義上的主詞。

A: Did you do the homework?
你做作業了嗎？

B: Well, it's not easy to find the report material.
這個嘛，要找到做報告的素材不太容易。

A: So, you haven't done anything yet.
所以你什麼事都還沒做。

B: It's too hard for me to do the report all by myself.
對我來說，要全靠我自己做完這個報告太困難了。

A: Don't count on me; my hands are full now!
別依賴我，我現在很忙！

自己做

1. _____ is too difficult to get the things done.
要把這些事情完成太困難了。

2. It's nice _____ you _____ help me with the paper.
在這份報告上協助我，你人真好。

3. It's _____ hard for me to accept the truth.
對我來說要接受這個事實太困難了。

4. It is important _____ finish the work before the deadline.
在截止時間前結束工作是很重要的。

5. It's really selfish _____ Kevin to eat all the cake.
凱文把所有的蛋糕都吃完，真是自私。

解答：1. It 2. of, to 3. too 4. to 5. of

Chapter 3

原形不定詞

A: My mom made me finish the homework all by myself.
我媽媽要我自己把功課寫完。

B: I think it's because she has seen your brother do the homework for you.
我想這是因為她曾經看到你弟幫你寫作業。

A: I only had him help me with the math!
我只是要他幫我算數學！

B: Well, she was really angry; I heard her yell at you.
嗯，她真的很生氣，我有聽到她吼你。

A: She didn't let me play outside either!
她也不讓我去外面玩！

文 法 重 點

　　原形不定詞指的是**在動詞前面不需要加上 to 的不定詞**，也就是原形動詞形式的不定詞。但這種不定詞**不能用來當作名詞**，原形不定詞不會受到時態的影響而變成過去式或過去分詞的形態，也不會因為主詞是第三人稱單數就加上 s，**從頭到尾都保持著動詞原形的樣子**，這也是它的名字中「原形」的由來。

　　原形不定詞常常用在我們前面提過的「主詞＋動詞＋受詞＋受詞補語（SVOC）」句型裡，在這些會用到原形不定詞的句子裡的動詞，通常是表達**「要求～（某人）去做～（某事）」**意義的**「使役動詞」**或是表達**「看／聽／感覺到～」**意思的**「感官動詞」**。

🗨 使役動詞

　　使役動詞指的是用來表示「**指使、命令去做～**」的動詞，常見的使役動詞有 **make**（使～）、**have**（使～）、**let**（讓～）。make 與 have 的意思相近，但 make 的語氣比 have 要來的更加強烈，也就是 make 所表達的強制程度更高，let 則被用來表達是否允許的意思。

句子結構長這樣！ ▪--

主詞＋make/have/let ＋受詞＋原形動詞

- My teacher **makes** us **study** English every day.
  我的老師要求我們每天都念英文。

- My mom **has** me **finish** my homework.
  我媽媽要我完成作業。

- Ted didn't **let** Melissa **go** back home.
  泰德不讓梅麗莎回家。

⚡ 充電站

1. get 的用法

除了以上三個使役動詞，**get**（使～）也可以當作使役動詞，如果**照強制程度**來排列，這幾個使役動詞會排成 **make > have > get > let**，在使用的時候可以多注意一下自己想要表達的語氣強烈程度，選出正確的字來用喔！另外，get 的用法和其他的使役動詞也都不一樣，一起來看看吧！

句子結構長這樣！ ▪--

主詞＋get ＋受詞＋to ＋原形動詞

- Paul's mother **got** him **to exercise** regularly.
  保羅的媽媽要他規律運動。

- Mandy **got** her husband **to cook**.
曼蒂要她老公下廚。

- Dad **got** my brother **to do** his homework.
爸爸叫我弟去做他的作業。

2. 功能和使役動詞類似的動詞

除了 get 之外，很多動詞雖然不是使役動詞，但是語意上和使役動詞相當類似，也可以用來表達「吩咐、要求做～」的意思，像是 ask（要求）、tell（吩咐）、order（命令），而這些動詞在接受詞之後也必須接上**不定詞**。

- My mom **asked** me **to go** exercising.
我媽媽要求我去運動。

- Tad **told** his wife **to go** on a diet.
泰德告訴他老婆要控制飲食。

- My supervisor **ordered** me **to finish** the work as soon as possible.
我的上司命令我要盡快完成工作。

💬 感官動詞

感官動詞是用來表達我們的感覺器官的感受與動作的動詞，常見的感官動詞包含 **watch**（看）、**see**（看）、**look at**（注視）、**hear**（聽）、**listen to**（聆聽）、**feel**（感覺）、**notice**（注意）、**find**（發現）等等。

句子結構長這樣！ •--

主詞＋感官動詞＋受詞＋原形動詞／Ving

- I **saw** my teacher **have** dinner with his wife yesterday.
我昨天看到我的老師跟他老婆吃晚餐。

- I **saw** my teacher **having** dinner with his wife yesterday.
  我昨天看到我的老師跟他老婆**正在**吃晚餐。

（提問！） 有發現上面這兩個句子有什麼不同嗎？

（原來如此！） 感官動詞在受詞後面可以加上原形不定詞或是動名詞（Ving），這兩個用法都正確，差別在於，如果用原形不定詞的話，句子所傳達的是「進行動作的整個過程」，使用 Ving 的話，句子就會變得比較強調「動作正在進行」的感覺。

★我們一起再看一個例子，徹底搞清楚吧！

- Spencer heard my teacher yell at me.
  史賓瑟聽到我的老師吼我。

➡吼的「**整個過程、從頭到尾**」都聽到了。

- Spencer heard my teacher yelling at me.
  史賓瑟聽到我的老師**正在**吼我。

➡特別表達出「**正在吼的當下**」情形。

A: My mom made me go on a diet.
   我媽媽要我節食。

B: Why?
   為什麼？

A: She saw me eat a whole pizza by myself.
   她看見我自己吃了一整個披薩。

B: Everybody would ask you not to eat that much.
   每個人都會叫你不要吃那麼多的。

A: No! I am hungry. I'll have someone bring food to me!
   不！我很餓，我會請人帶食物給我的！

自己做

1. Tad saw Melissa _____ jogging in the park.
   泰德看到梅麗莎在公園裡慢跑。

2. Melissa asked Jason _____ _____.
   梅麗莎要求傑森離開。

3. Caroline made Max _____ her room.
   凱洛琳要麥克斯打掃她的房間。

4. My parents _____ us do the house chores.
   我爸媽要我們做家事。

解答：1. go/going 2. to leave 3. clean 4. made/have

其他常用的不定詞句型

暖場生活對話 🎧 MP3 55

A: I want you to go shopping with me.
   我想要你和我一起去購物。

B: Hmm... to be honest, I'm not a fan of shopping.
   嗯……老實說，我不太喜歡去購物。

A: Oh, please, I want you to give me some advice on my girlfriend's birthday present.
   噢，拜託，我想要請你給我一些有關我女友生日禮物的建議。

B: All right...but if she doesn't like the gift, I don't want to be blamed.
   好吧……但如果她不喜歡這個禮物，你不能怪我。

A: Oh, definitely not!
   噢，絕對不會！

文法重點

除了前面介紹的扮演各種角色的不定詞或是原形不定詞之外，在不定詞的世界裡還有幾種常用的用法，一起來看看吧！

💬 SVO 句型＋不定詞補語

有的時候我們會在「主詞＋動詞＋受詞」（SVO）句子裡的受詞後方加上不定詞來當作受詞補語，透過這種句型結構，就可以表達出「（主詞）希望對方做～」或「（主詞）指使對方做～」的意思。

特別要注意在這種句型裡的動詞，通常都與「期待」、「提供／表達建議」或「指使、准許」等意義有關。

★ 在這個句型裡常用到這些動詞！

期待	want（想要）、would like（想要）、expect（期待）
提供／表達建議	ask（詢問、要求）、tell（吩咐）、advise（建議） warn（警告）、remind（提醒）
指使、准許	get（讓～）、force（強迫）、urge（力勸）、allow（准許）

句子結構長這樣！•---

主詞＋動詞＋受詞＋to＋原形動詞

- I **ask** Alice **to give** me a cup of milk.
  我請艾莉絲給我一杯牛奶。

- Susan **want** Sam **to go** with her.
  蘇珊想要山姆和她一起去。

- My teacher **force** me **to finish** the report today.
  我老師強迫我在今天完成報告

🗨 獨立不定詞

　　獨立不定詞就是含有不定詞的慣用表達，可以放在句首、句中或句末，扮演著**副詞的角色**來修飾整個句子，如果在寫文章的時候用上獨立不定詞，則有**轉折語氣**的作用，使用恰當的話，就可以讓你的文章更加通順喔！

★ 常見的獨立不定詞有這些！

to begin with	首先	to be honest	老實說
to be exact	準確地說	to be sure	的確
needless to say	不用說	to be frank	坦白說
so to speak	可以說是	to tell the truth	說實話
strange to say	說來奇怪	to make matters worse	更糟的是
not to mention	更不用說	to be brief	簡而言之

- Needless to say, Alan is a good student.
  不用說，艾倫是個好學生。

- Elsa is sick; to make matters worse, her parents is out of town now.
  愛爾莎生病了，更糟的是，她的爸媽現在不在城裡。

- No matter what he did, I don't like him, to be honest.
  不管他做了什麼，老實說，我不喜歡他。

💬 不定詞的被動態

　　想要用不定詞來表達出「被加薪」、「被稱讚」等等**被動意義**的時候，就可以使用不定詞的被動態，這個時候只要在不定詞裡 to 的後面加上 be，並且把原形動詞改成過去分詞，變成「to＋be＋**過去分詞**」就可以了。

句子結構長這樣！▪---

主詞＋動詞＋ to ＋ be ＋過去分詞（受詞／補語）

- I want to be praised by my teacher.
  我想被我的老師稱讚。

- David is hoping to be given a pay-raise next month.
  大衛希望下個月會得到加薪。

- Alex wants to be loved by Laura.
  艾力克斯想要被蘿拉所愛。

會話應用  MP3 56

A: That rookie, Alan, is such a good guy.
　那個菜鳥艾倫真是個不錯的人。

B: To be honest, I think he's a little too good.
　老實說，我覺得他有點太好了。

A: How so?
　怎麼會？

B: Miranda asked him to do all the work, and he didn't say no.
　米蘭達要他做所有的工作，而他沒有拒絕。

A: Really? Maybe he just wanted to be accepted by the team as soon as possible.
　真的嗎？也許他只是想要盡快被團隊接納而已。

自己做

1. _____ _____ with, I want to talk about basic rules.
　首先，我想要討論基本規則。

2. Melissa hopes _____ _____ promoted next year.
　梅麗莎希望明年能被拔擢。

3. Ted _____ Sam _____ bring the sales report tomorrow.
　泰德吩咐山姆明天把銷售報告帶來。

4. I want a bag; _____ _____ _____ , I want a Prada.
　我想要一個包包，準確地說，我想要一個 Prada 的。

解答：1. To begin 2. to be 3. told, to 4. to be exact

動名詞

動名詞的基本概念

Chapter 1

暖場生活對話 MP3 57

A: Being a pianist is my dream.
　成為一位鋼琴家是我的夢想。

B: Why do you want to be a pianist?
　為什麼你想要當鋼琴家？

A: I really like listening to music.
　我真的很喜歡聽音樂。

B: So being a singer doesn't work for you?
　那當歌手不行嗎？

A: I am not a fan of singing.
　我不是很喜歡唱歌。

文法重點

　　動名詞和不定詞一樣，都是一種由原形動詞演變出來的動狀詞（擁有動詞特徵，但又不是動詞的詞），只要把**原形動詞的尾巴加上 -ing**，就會變成動名詞，例如 read ➡ reading、use ➡ using、run ➡ running 等等，-ing 的尾巴一加上去，原本的原形動詞就會**名詞化**，讓這個動詞**變成名詞意義的「做～這件事」**。

- read（閱讀）➡ **reading**（閱讀**這件事**）

- use（使用）➡ **using**（使用**這件事**）

- run（奔跑）➡ **running**（奔跑**這件事**）

　　既然動名詞扮演名詞的角色，那麼就可以把動名詞拿來當作句子的**主詞、受詞**或**補語**，這部分就和前面提到的不定詞的名詞用法相同，但不同的是，動名詞也可能會**放在介系詞的後面**，而介系詞後面不能接不定詞。

🍃 動名詞的用法

❶ 動名詞當主詞

在英文中，動詞是不可以當主詞的，所以如果要把一個動詞變成主詞，那就必須要將它**名詞化成動名詞**。

（×）Smoke will make you unhealthy.

（○）Smoking will make you unhealthy. 抽菸會使你不健康。

❷ 動名詞當受詞

① 當動詞的受詞

有一部分的動詞在後面又出現第二個動詞的時候，這個第二個動詞就必須要**變化成動名詞**，讓這個動名詞扮演**受詞**的角色。

- You must give up smoking. 你一定要戒菸。
- I enjoy watching TV every night. 我喜歡每天晚上看電視。

⚡ 充電站

有一些動詞的後面只能接動名詞當受詞，這些動詞通常都是用來針對「**實際上發生的事情**」或「**曾經發生過的事情**」表達「**感情**」、「**中斷、完成**」、「**思考、提議**」的動作，我們在後面會更詳細地解釋這部分，先一起看看下面這些常見的動詞吧！

動詞	意義	動詞	意義
enjoy	享受；喜歡	mind	在意
finish	完成	keep	持續
practice	練習	consider	考慮
admit	承認	postpone	延期
avoid	避免	miss	錯過

- David enjoys swimming. 大衛喜歡游泳。
- Ted finished doing homework. 泰德做完了家庭作業。
- Melissa keeps practicing dancing. 梅麗莎一直在練習跳舞。

② 當介系詞的受詞

如果在句子中出現了如 be scared of（對～害怕）、worry about（對～擔心）、talk about（談論～）、be good at（擅長～）等等有**介系詞**的詞組，那麼在這些**介系詞後面出現的動詞必須要以動名詞的形式**出現，做為介系詞的受詞。

- My father is good at driving.
  我的父親很會開車。

- I am scared of getting lost.
  我很害怕迷路。

❸ 動名詞當補語

動名詞也可以用來當**補語**，補充說明主詞的**名稱或是狀態**，例如下面例句中的 reading（閱讀）是用來補充說明 Angela's hobby（安琪拉的嗜好）是什麼的補語，而 getting divorced（成為離婚的狀態）是用來說明 Serena 想要做的事的補語。

- Angela's hobby is reading.
  安琪拉的嗜好是閱讀。

- What she wants to do is getting divorced.
  她想要做的事是離婚。

💬 動名詞的動詞特性

動名詞雖然是帶有名詞意義的詞，但既然是從動詞變化而來的，當然就會保留一些動詞的特性，這些特性讓動名詞和普通名詞大不相同，下面我們就一起看看差別在哪裡吧！

❶ 可以用被動態

不像一般名詞不能直接使用被動態，動名詞可以直接結合被動態，變成「being ＋**過去分詞**」，可以用來表達「**被～的這件事**」的意思。

- I'm tired of being called princess.
  我厭倦被叫做公主（的這件事）了。

- Being tricked by my classmates made me angry.
  被同學整（的這件事）讓我很生氣。

❷ 動名詞有完成式

在一個句子裡，把動名詞和完成式結合成「having＋過去分詞」，就可以用來表達比句子中主要動詞所表示的時間點更早發生的那件事，也就是「**曾經～的那件事**」的意思。

- I am happy about having taken a trip to Canada.
  我很開心曾去過加拿大旅遊（的那件事）。

- Susan is proud of having received the gold medal.
  蘇珊很驕傲拿過金牌（的那件事）。

❸ 動名詞的後面可以接受詞

一般名詞自己就可以扮演受詞的角色，所以後面一般不會再接受詞，但是動名詞則不一樣，後面就像動詞一樣可以接**受詞**。

- Lisa enjoys eating sushi.
  麗莎很喜歡吃壽司。

- I forgot locking the door.
  我忘了鎖門。

❹ 動名詞的後面可以接補語

就像動詞一樣，在動名詞的後面可以接**補語**，這種動名詞通常是由連綴動詞變化而來。

- Getting divorced is not a shame to me.
  離婚我來說不是丟臉的事。

- I'm worried about getting heavy these days.
  我很擔心最近變胖了。

❺ 動名詞可以被副詞修飾

一般名詞只能被形容詞修飾，不過動名詞就像動詞一樣，可以被**副詞**修飾。

- Getting up early is painful to me.
  早起對我來說很痛苦。

- Eating too much is not good for you.
  吃太多對你來說不好。

A: Listening to music makes me relaxed. What's your hobby?
聽音樂讓我放鬆。你的嗜好是什麼呢？

B: I love playing the guitar.
我熱愛彈吉他。

A: Cool! Do you mind playing it now?
酷！你介意現在彈彈看嗎？

B: I don't like doing this in public, maybe next time?
我不喜歡在公眾場合做這件事，下次吧？

A: Sure, I'm looking forward to it.
當然，我很期待。

自己做

1. I love _____ to music.
我喜歡聽音樂。

2. _____ a singer is my dream.
成為歌手是我的夢想。

3. _____ about others is necessary.
關心他人是必要的。

4. I'm proud of _____ won the prize.
我很驕傲得了獎。

解答：1. listening 2. Being 3. Caring 4. having

142

動名詞 VS. 不定詞

暖場生活對話 🎧 MP3 59

A: I'm planning to visit Japan next month.
我正在規劃下個月去日本。

B: Are you going to enjoy watching baseball games?
你打算去享受一下看棒球的樂趣嗎？

A: Yeah, I'm really looking forward to it.
對呀，我真的很期待。

B: Did you remember to book the ticket?
你有記得訂票了嗎？

A: Oops! I forgot to book one.
啊！我忘了要訂一張了。

文法重點

　　句子中如果出現了兩個動詞，那麼這兩個動詞就會打架，所以兩者之間一定有一方要變換，但因為**主要動詞的地位比較重要，所以不能變動**，因此要退讓做出改變的**是次要動詞**。

　　變換方式有兩種，一種是把次要動詞改造成 to **不定詞**（to ＋原形動詞），另外一種則是把動詞變換成**動名詞**。

　　但這邊要注意的是，有些動詞後面**只能接不定詞**、有些後面**只能接動名詞**，而又有一些動詞的後面**接不定詞或動名詞都可以，只是意義也會因此不同**。

　　是不是覺得有點複雜？沒關係，只要理解「不定詞」與「動名詞」兩者所代表的核心意義，就能夠知道在主要動詞後方到底該把動詞變成不定詞還是動名詞。

💬 後面只能接「不定詞」的動詞

　　「不定詞」帶有「未來計畫、目標」的意味，所以基本上會用來表達與未來計畫相關的事情，例如用來表達願望、決定、意圖、決心、期待等等意義的動詞，後面就會用上不定詞。

★ 後面只能接「不定詞」的常用動詞

動詞	意義	動詞	意義
agree	同意	offer	提供
promise	承諾	plan	計畫
refuse	拒絕	intend	打算
expect	預期／打算做	decide	決定
want	想要	wish	希望
determine	決定	prepare	準備
hope	希望	manage	想辦法做到

- We are planning to visit Tokyo this year.
  我們正在計畫今年要去東京。【意圖】

- Sam decided to go to college next year.
  山姆決定了明年去上大學。【決定】

- Sarah expects to eat noodles for lunch.
  莎拉預期中午會吃麵。【期待】

- I hope to get promotion next year.
  我希望明年能升遷。【願望】

- Susan determined to get admission from NYU.
  蘇珊決心要取得紐約大學的錄取資格。【決心】

💬 後面只能接「動名詞」的動詞

　　在上一章的充電站裡我們也提過這些後面只能接「動名詞」的動詞，現在要進一步了解的就是，動名詞同時也表達了一種持續性，可以用來表達一個和這個動名詞前面的動詞所表示的動作，是「同時發生」的事實或狀態。因此用來針對「實際上發生的事情」或「曾經發生過的事情」表達感情、中斷、完成、思考、提議的動詞，它們後面只能接動名詞當受詞。一起來看看還有哪些後面只能接「動名詞」的常用動詞吧！

★ 後面只能接「動名詞」的常用動詞

動詞	意義	動詞	意義
deny	否定	suggest	建議
escape	逃避	quit	放棄
resist	抗拒	put off	延期
give up	放棄	imagine	想像
appreciate	欣賞	permit	允許

- Teresa always escapes meeting with Alice.
  泰瑞莎總是逃避與愛麗絲見面。【感情】

- I have quit smoking recently.
  我最近戒菸了。【中斷】

- Lisa put off gathering with her classmates.
  麗莎延後了與她的同學們聚會。【完成】

- I imagined getting married with a prince.
  我想像過和王子結婚。【思考】

- Alice suggests finding another restaurant.
  艾莉絲建議找其他家餐廳。【提議】

💬 後面接「不定詞」或「動名詞」都可以的動詞

有些動詞的後方**不管接「to 不定詞」或「動名詞」都可以**，但是要特別注意句子**的意思也會因此變得不同**，這些動詞裡有四個動詞特別常用，大家要分辨清楚，小心別用錯囉！

remember

＋ to -V. ➡ 記得**要去**做某事（還沒有做）

＋ Ving ➡ 記得**做過**某事（已經做了）

- I remember to cook for you.
  我記得要去煮給你吃。➡ 還沒去煮，但打算要去煮。

- I remember cooking for you.
  我記得曾煮給你吃。➡ 已經煮過了。

forget

+ to -V. ➡ 忘了**要去**做某事（還沒有做）

+ Ving ➡ 忘了**曾經**做過某件事（已經做了）

- I forgot to cook for you.
  我忘了要去煮給你吃。➡ 因為忘了所以還沒煮。

- I forget cooking for you.
  我忘了曾煮給你吃。➡ 忘記曾經下過廚的這件事。

stop

+ to -V. ➡ 停下原本的動作，**去做**另一個動作

+ Ving ➡ 停下**正在做**的動作

- I stop to cook for you.
  我停下來，然後煮給你吃。➡ 暫停手上在做的事，去煮給你吃。

- I stop cooking for you.
  我停止煮給你吃。➡ 停止「煮給你吃」的這個動作。

try

+ to -V. ➡ 嘗試**要達成**一個目的，但是嘗試的成果不清楚

+ Ving ➡ 嘗試**要以某個方法**去達成目的（這個動名詞必須是方法本身）

- I try to cook for you.
  我試著煮給你吃。➡ 試著要煮給你吃，但不知道成不成功。

- I try finding recipes for cooking.
  我為了煮飯試著找食譜。➡ 為了要煮飯而嘗試「找食譜」這個方法。

看了上面這麼多的動詞和例句，是不是覺得有點頭昏腦脹的，而且也不覺得自己下次看到這些單字的時候，會知道後面到底要加「不定詞」還是「動名詞」？

其實最簡單的記法就是，記得不定詞的重點放在「**和未來相關的事**」，像是**希望或需要決定的事**都是未來發生的事，而動名詞則著眼於「**和過去相關的事**」，例如**喜歡的、享受的或是決定好的事**，都是過去發生的事。把這些概念記下來後，以後就可以很輕鬆的分辨了。

會話應用  MP3 60

A: I really enjoy singing.
我真的很喜歡唱歌。

B: What do you plan to be in the future? A singer?
你打算將來要做什麼呢？當一位歌手嗎？

A: Yes, I will try to be one.
是的，我會試著去當一位歌手。

B: I promise to support you.
我保證會支持你。

A: That is so considerate of you.
你實在太體貼了。

自己做

1. I plan _____ have my own business.
我計劃要有自己的事業。

2. She enjoys _____.
她喜歡唱歌。

3. Melissa forgot _____ _____ out with him.
梅麗莎忘記要和他出去了。

4. Adam has stopped _____ since June.
亞當自從六月開始就停止抽菸了。

解答：1. to 2. singing 3. to go 4. smoking

147

在了解動名詞之後，我們要來看看跟動名詞長得一樣的「**分詞**」，並且了解要怎麼利用分詞，來把句子變得更加簡單好懂。

　　這種改造句子的方法就叫做「**分詞構句**」，會透過兩種不同的分詞——**現在分詞**和**過去分詞**來傳達正確的句意，同時間又能透過省略重複的主詞和連接詞，讓句子變得更加簡潔。

　　學會分詞構句，就能讓你的英文表達更漂亮喔！

分詞構句

1. 分詞構句的概念與用法
2. 獨立分詞構句與慣用表達

分詞構句的概念與用法

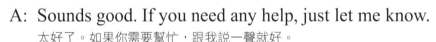

暖場生活對話 MP3 61

A: Hey Joseph! Why did you leave early yesterday?
　嘿，喬瑟夫！你昨天為什麼早退啊？

B: Being sick and tired, I went home to take a rest.
　因為我覺得疲倦又不舒服，所以我回家休息了。

A: Are you feeling better now?
　你現在感覺好一點了嗎？

B: Taking a rest for one night, I feel so much better now.
　在休息一晚之後，我現在感覺好多了。

A: Sounds good. If you need any help, just let me know.
　太好了。如果你需要幫忙，跟我說一聲就好。

文法重點

　　分詞構句就是利用分詞可以被用來**補充說明句子資訊**的特性來改寫句子，讓原本的句子變得更加精簡。基本上當**前後兩個子句的主詞相同**而不想重複這個主詞時，就可以用分詞構句來改寫句子，而分詞構句其實是來自於**具有修飾作用的副詞子句**，並**從屬於主要子句**，附加說明主要子句的其他資訊。

　　分詞構句可以用來表示「**時間（在～的時候）**」、「**原因、理由（因為～）**」、「**附加狀態（一邊～一邊～）**」等意思，但分詞構句所表達的句意，必須先判斷分詞是表達主動的動名詞還是被動的過去分詞，之後再以前後兩句之間的關係來判斷，才能準確解讀句意。

⚡ 充電站

想要更完整的理解分詞構句，首先我們一起來看看「分詞」是什麼吧！

- **分詞的性質**

  分詞是由動詞所「分化」出來的詞，它同時帶有**動詞**與**形容詞**的性質，因此能夠用來補充說明名詞，而分詞有**現在分詞**（Ving）和**過去分詞**（Ved）這 2 種類型。

- **現在分詞**

  在動詞的字尾加上 -ing，就會形成**現在分詞**，特別要注意的是，雖然現在分詞和動名詞一樣都是 Ving 的樣子，但**現在分詞有形容詞的作用**，而動名詞則沒有，這點一定要區分清楚。

  現在分詞表達的是「**正在主動做～**」的意思，也就是說，如果要用分詞修飾的名詞，是「自己正在做動作」的話，那就要使用現在分詞來補充說明。

  - There is a sleeping baby on the bed.
    床上有個**在睡覺的**寶寶。

  ➡ 「睡覺」是**主動的**行為，所以要用現在分詞。

  - A barking dog is chasing me.
    一隻**在吠叫的**狗在追我。

  ➡ 「吠叫」、「追逐」是**主動的**行為，所以要用現在分詞。

- **過去分詞**

  在動詞的字尾加上 -ed，就會形成**過去分詞**（也會有不規則變化的過去分詞，遇到的時候要記下來喔！），過去分詞的功能更廣，我們可以在下列三種情形裡看到過去分詞。

  1. 被動語態 ➡ 表達「**被～**」的意思

  - I was called by my teacher.
    我**被**我的老師**叫醒**。（我的老師叫我。）

  2. 完成式 ➡ have/has ＋過去分詞，表達「**完結**」、「**持續**」、
     「**經驗**」

  - Emily has done the report by herself.
    艾蜜莉自己**做完了**那份報告。

3. 如形容詞般的功能 ➡ 表達「**被～的**」意思

- The stolen money was found.
  被偷的錢被找到了。

🗨 分詞構句的規則和用法

分詞構句主要規則為：**先刪去連接詞，再省略兩句中「表達原因、條件、理由、發生時間較早」那句的重複主詞，再變換動詞形態，若有使用代名詞，則要取消使用代名詞，改用代名詞所指的對象**，下面我們一起來實際改改看吧！

- When I saw a dog on the street, I came to pet it.
  當我在街上看到一隻狗的時候，我過去拍拍牠。

`Step1` 首先，刪去連接詞，這個句子裡的連接詞是 when。

`Step2` 前後兩句的主詞都是 I，而「saw a dog（看到狗）」和「came to pet it（過去拍拍牠）」這兩件事中，「saw a dog（看到狗）」這件事是較早發生的，所以刪去這句的主詞 I。

`Step3` 動詞改成 -ing/-ed 形態，「saw a dog（看到狗）」這件事是個「主動的動作」，因此要把 saw 改成 seeing。

➡ Seeing a dog on the street, I came to pet it.

🗨 主動分詞構句

若被省略句子的主詞是「**正在主動做**」分詞構句所表達的動作時，就要用**現在分詞 Ving**。

- Because I had a fever, I didn't go to work today.
  因為我發燒了，我今天沒去工作。
➡ Having a fever, I didn't go to work today.

▲ 要省略的是**表示原因**的 Because 子句，先刪去連接詞 Because 與重複的主詞 I，「had a fever（發燒）」是主動動作，因此把動詞改為現在分詞 having。

- Melissa finished her homework, and she went to bed at 11 o'clock.
  在完成她的作業之後，梅麗莎在 11 點去睡覺。
➡ Finishing her homework, Melissa went to bed at 11 o'clock.

▲ 要省略的是**發生時間較早**的「finished her homework（完成她的作業）」子句，先刪去連接詞 and 與重複的主詞 Melissa（＝後句的 she），而「finished her homework（完成她的作業）」是主動的動作，因此把動詞改為現在分詞 finishing，並把人稱代名詞 she 改成 Melissa。

🗨 被動分詞構句

若被省略句子的主詞是「**被做了～**」分詞構句所表達的動作時，就要用**過去分詞 Ved**。

- Because Melissa was hit by a car, she is now in the hospital.
  因為梅麗莎被車撞了，她現在正在醫院。
- ➡ Hit by a car, Melissa is now in the hospital.
- ➡ Being hit by a car, Melissa is now in the hospital.

▲ 要省略的是**表達原因**的 Because 子句，先刪去連接詞 Because 和重複的主詞 Melissa（＝後句的 she），而「hit by a car（被車撞）」是個被動的動作，因此要選擇使用過去分詞 hit，或者也可以不省略 Be 動詞，改成 Being hit，表示當下的狀態，並把人稱代名詞 she 改成 Melissa。

- Ted was persuaded to buy a new car, and he went to the dealer to test-drive some demo cars. 因為泰德被說服要買新車，所以他去了經銷試駕。
- ➡ Persuaded to buy a new car, Ted went to the dealer to test-drive some demo cars.
- ➡ Being persuaded to buy a new car, Ted went to the dealer to test-drive some demo cars.

▲ 要省略的是**表達理由**的「was persuaded to buy（被說服去買）」子句，先刪去連接詞 and 和重複的主詞 Ted（＝後句的 he），而「was persuaded to buy（被說服去買）」是個被動的動作，因此要選擇使用過去分詞 persuaded，或者也可以改成 being persuaded，表示當下的狀態，最後把人稱代名詞 he 改成 Ted。

🗨 完成式分詞構句

如果一個句子裡前後描述的事件的**發生時間點不同**，分別發生在**過去**及**更遙遠的過去**，那麼如果想要用分詞構句來說明先發生的事時，就得用上**完成式分詞構句**，一起來看看底下的例子吧！

- I <u>had eaten</u> too much last night, so I <u>felt</u> sick this morning.
  比過去更之前　　　　　　　　　　　　過去發生的事

我昨天晚上吃太多了，所以我今天早上覺得很不舒服。

在這個句子裡，「吃太多」和「覺得不舒服」**都是發生在過去的事**，但是「吃太多」這件事，**發生的時間點更早**。這個時候如果想要用分詞構句來簡化句子時，就可以使用**結合了分詞構句和完成式的句型**，而且因為不論是「吃太多」還是「覺得不舒服」，都是主動的動作，因此要用的是**主動完成式分詞構句**，這個句型的規則相當簡單，只要記得把過去完成式的「had ＋ 過去分詞」一律變成「**having ＋ 過去分詞**」就可以了。而除了主動態外，如果想要表達出「**被～**」的意思的話，也可以使用**被動完成式分詞構句**喔！

❶ 主動完成式分詞構句

只要把要省略的子句（發生時間較早的那句）中的動詞簡化成「**having ＋ 過去分詞**」，並消去連接詞及重複的主詞，就變成主動完成式分詞構句了。我們接下來就一起拿上面的句子來改改看吧。

- I had eaten too much last night, so I felt sick this morning.
➡ Having eaten too much last night, I felt sick this morning

▲ 確認要省略的是發生時間較早的「had eaten too much（吃太多）」的句子，先消去相同的主詞 I 和連接詞 so，然後將「had eaten too much（吃太多）」改成 having eaten，這樣分詞構句就完成了。

❷ 被動完成式分詞構句

碰到要表達出被動意味的時候，只要將要被省略的子句動詞簡化成「**having ＋ been ＋ 過去分詞**」或「**過去分詞**」，再消去連接詞與重複的主詞就可以了。

- Mike had been scolded by his parents, and he was grounded last weekend.
  麥克被他父母責罵，而且他上周末被禁足了。
➡ Having been scolded by his parents, Mike was grounded last weekend.
➡ Been scolded by his parents, Mike was grounded last weekend.

▲ 確認要省略的是發生時間較早的「had been scolded（被責罵）」的句子，先消去相同的主詞 Mike（＝後句的 he）和連接詞 and，然後將「had been scolded（被責罵）」改成 having been scolded 或是 been scolded，最後把人稱代名詞 he 改成 Mike。

A: How are you doing?
你好嗎？

B: Sleeping for 10 hours yesterday, I feel energetic now.
昨天睡了10個小時，我現在精力充沛。

A: Having worked for a whole week, you deserved some rest.
工作了整整一個星期，你理當得到一些喘息。

B: Yeah, being exhausted every day, I couldn't even focus at work!
真的，因為每天都覺得筋疲力竭，我甚至無法在工作時專注！

A: Arranged by the supervisor, the working schedule is really ridiculous.
主管安排的工作時程表真的很荒謬。

自己做

1. _____ tired at work, Melissa took a leave.
因為工作太累，梅麗莎請了假。

2. _____ in Los Angeles for 9 years, Ted wants to move to another city.
在洛杉磯工作九年之後，泰德想去別的城市。

3. _____ _____ his homework, Max planned to go out.
因為已經完成作業了，麥克斯計畫了要出門。

4. _____ by my teacher in the class, I answered his questions.
在上課時被老師叫到之後，我回答了他的問題。

解答：1. Being 2. Working 3. Having done 4. Called

155

② 獨立分詞構句與慣用表達

暖場生活對話 🎧 MP3 63

A: Why happened last night?
　昨晚發生什麼事了？

B: A fire happening nearby, the fire trucks were everywhere.
　附近失火，所以到處都是消防車。

A: No wonder the sirens wailing, I was tossing and turning all night.
　難怪警笛聲一直在響，讓我整晚輾轉難眠。

B: The fire being so close, I ran from my house for safety.
　那場火離我家太近了，為了安全起見我跑了出來。

A: Considering the fire, I would say it's a good call.
　考慮到那場火災，我覺得這是個正確的選擇。

文法重點

💬 獨立分詞構句

　　前面學習到的分詞構句，是在主要子句和從屬子句的主詞相同時，利用分詞構句來簡化句子，讓用來表達時間、原因、理由、附加狀態等的子句，可以變成一個用來修飾主要子句的副詞片語。

　　但有時這些用來補充資訊的從屬子句，**它們的主詞會和要被修飾的主要子句不一樣**，就像暖場對話中的這個句子：

A fire happening nearby, the fire trucks were everywhere.
分詞構句意義上的主詞　　　　主要子句的主詞

這個句子原本的寫法是 A fire **happened** nearby, **so** the fire trucks were everywhere.，其中「A fire happened nearby（附近發生火災）」是用來補充說明「the fire trucks were everywhere（到處都是消防車）」的原因，但是這兩個句子的主詞完全不同，這樣一來就不能只用我們上一章說的方法來修改句子，而必須**先加上分詞在意義上的主詞**，再利用分詞構句來簡化句子，像這種「**帶有分詞意義上主詞的分詞構句**」的句型，就稱為**獨立分詞構句**。

- Alice felt hot, so I turned on the air-conditioner.
  愛麗絲覺得熱，所以我打開了空調。

➡ Alice feeling hot, I turned on the air-conditioner.

- Because Melissa was super hungry last night, Ted bought some bread for her.
  因為梅麗莎昨晚非常餓，泰德買了一些麵包給她。

➡ Melissa being super hungry last night, Ted bought some bread for her.

⚡ 充電站

補充附加資訊的方法

想要表達「**一邊～一邊～**」、「**在～的狀態下**」等等「**附加資訊**」的時候，可以使用「with＋名詞＋分詞」的句型來表達。

「with＋名詞＋分詞」這個句型就是**在獨立分詞構句的前面加上 with**，這邊的 with 可以想成是「**有著～；隨著～**」的意思，後面再加上用來表達狀況的「名詞＋分詞」，這樣就可以讓「附加資訊」更加明確，也更容易理解。

- Adam is throwing the ball with his eyes closed. 亞當閉著眼睛丟球。

- Sarah crossed the street with her arm waving. 莎拉一邊揮著手一邊過馬路。

🔵 分詞構句的慣用表達

在分詞構句中，常會出現一些固定與特定字彙連在一起使用的慣用表達，這些慣用表達不一定會和主要子句在意義上有關聯，也就是前後句不一定會有因果或是先後順序等關係，下面就一起來看看要怎麼用吧！

❶ ～而言、～說

frankly speaking（坦白說）、**generally speaking**（一般而言）

briefly speaking（簡單說來、簡言之）、**broadly speaking**（概括而言）

strictly speaking（嚴格說來）、**honestly speaking**（老實說）

relatively speaking（相對來說）

- Frankly speaking, Ted is not a qualified leader.
  坦白說，泰德不是個夠格的領導人。

- Generally speaking, black means bad luck for Chinese cultures.
  一般來說，在中華文化中黑色意味著壞運氣。

❷ 表達提及或根據

speaking of（說到～）、**seeing that**（因為～）、**considering**（考慮到～）

regarding（關於～）、**concerning**（關於）、**judging from**（由～判斷）

according to（根據～）、**depending on**（依據～）、**based on**（根據～）

given that（考慮到～）、**compared with**（與～相比較）

- Speaking of Melissa, she is right there!
  說到梅麗莎，她就在那裡呢！

- According to Professor Lin, it is likely that Selina will be flunked.
  根據林教授，賽琳娜可能將會被當掉。

❸ 表達假設

supposing（假如）、**providing** (that)（假如、考量到）

assuming（假定）、**taking ~ into consideration**（若把～納入考量）

weather permitting（若天氣許可）

- Supposing you have two million dollars, what will you do?
  假如你有兩百萬元，你會做什麼呢？

- Taking his health condition into consideration, Alan is likely to quit.
  如果把他的健康狀況納入考量，艾倫很可能會辭職。

A: Hi, Ted. What did you do this morning?
嗨，泰德。你今早做了什麼？

B: My wife felt like shopping, I went out with her.
我老婆想購物，所以我就陪她出去了。

A: What did you get?
你們買了什麼？

B: My wife bought lots of high heels, honestly speaking, I don't have any spare money this month.
我老婆買了很多高跟鞋，老實說，我這個月沒錢了。

A: Judging from the situation, it will be a difficult month for you.
從這情形判斷，你這個月會很辛苦。

自己做

1. I _____ down the street, Sally waved to me.
我走在街上的時候，莎莉對我揮手。

2. The building _____ _____ down, Alan felt annoyed with the noise.
當在拆那棟建築物的時候，亞倫對噪音感到很厭煩。

3. _____ _____ others, Melissa is very childish.
與其他人相比，梅麗莎非常幼稚。

4. _____ _____ , men are taller than women.
一般來說，男人比女人高。

解答：1. walking 2. being torn（tear 的過去分詞）3. Compared with 4. Generally speaking

當我們想要說「如果我是你，我不會這樣做」、「要是早知道就好了」、「如果當初有聽他的，那就不會這樣了」之類的假設句子，那就需要用到接下來我們要學的「**假設語氣**」了。

在假設語氣的句型中會用到好幾種表達方式，句子也比較複雜，是英文文法中的大魔王之一，也是各種考試中的熟面孔，但是它的核心概念其實很簡單，就是

因為不是事實，所以句子裡的假設都要往前推一個時態，用來表現出與現實的距離。

這句話是什麼意思呢？趕快翻開 Part 9 吧！

假設語氣

假設語氣過去式 VS. 過去完成式

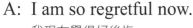

暖場生活對話 MP3 65

A: I am so regretful now.
我現在覺得好後悔。

B: What's wrong?
怎麼了嗎？

A: If I had worked harder, I would have found a better job.
如果我當時更努力，我就會找到更好的工作了。

B: But if you were not working here, we would not be friends.
但如果你不在這裡工作，我們就不會是朋友了。

A: Well, that's true, having you as a friend is a blessing.
這倒是真的，有你當朋友很幸運。

文法重點

　　我們在生活中常常會說出一些假設的句子，像是「如果我當時中了頭獎，我就已經買跑車了」或是「如果明天好天氣，我們就去動物園」等句子，這個時候我們就會使用**假設語氣**來表達這些「**假設**」或「**願望**」。

　　最常見也最常用來表達假設語氣的就是 **if 條件句**，也就是先用 if 帶出一個**條件子句**，表達某個假設的狀況，後面再接上一個**主要子句**，來表達在滿足條件之後會發生的結果。

　　隨著 if 條件子句的時態改變，表達的意義也會因此大不相同，其中我們最常用到、也是最簡單的，就是**假設語氣現在式**（但我們平常只說它是 if 條件句），像是「If it rains tomorrow, I will stay at home.（如果明天下雨，我就待在家裡）」這種句子，其實就是用了假設語氣現在式來表達「**在未來發生可能性較高的假設**」。

句子結構長這樣！■--

<u>If＋主詞＋現在式~</u>, <u>主詞＋will/may/can/shall＋原形動詞</u>.
　　條件子句　　　　　　　　　　　主要子句

- If Sally walks the dog for me, I will buy her a cup of coffee.
  如果莎莉幫我遛狗，我就會買杯咖啡給她。

- If Angela goes out with me, I will be very happy.
  如果安琪拉和我出去，我就會非常開心。

像上面這兩個句子，都是表達「如果~，就~」的意思，這也是我們最常用到的假設語氣句型。

不過，如果我們想要表達的是像暖場對話裡的「**如果**你（**現在**）不在這裡工作，我們**就**不會是朋友了」或是「**如果**我**當時**更努力，我**就會**找到更好的工作了」，這種「如果現在~的話，就會~」以及「如果當時~的話，就~了」意義的句子，就得用到我們接下來要介紹的**假設語氣過去式**及**假設語氣過去完成式**了。

◎ 假設語氣過去式

想要說出「**如果現在~的話，就會~**」的句子，也就是做出**與現在事實不符**、**非真實**、**想像**、**不太可能發生**的假設時，就會用到**假設語氣過去式**。

句子結構長這樣！■--

<u>If＋主詞＋過去式／were~</u>, <u>主詞＋would/could/might/should＋原形動詞</u>.
　　條件子句　　　　　　　　　　　　主要子句

在提出假設的時候，為了要表達出「這是不可能發生的」、「這和現實情況是不同的」這種和現實狀況之間的差異，會**把時態往過去移動**，因此，雖然表達的還是「現在」的狀態，但**整個句子的時態都使用過去式**，特別要注意的是，如果在 If 條件子句裡要使用過去式的 Be 動詞，**不論主詞是什麼都會使用 were**。

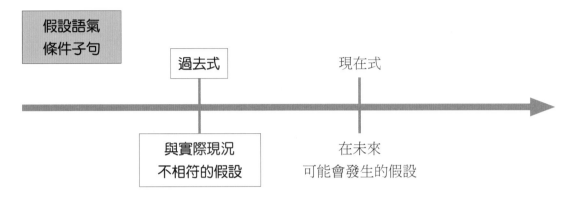

- If I were rich, I would buy that sports car.
  如果我現在很有錢，我就會把那輛跑車買下來。

➡ **現在**沒有錢，所以現在沒買跑車

- If Alan were you, he would not go there.
  如果艾倫是你的話，他就不會去那裡。

➡ 只是想像的情況，**現實中**不可能成為對方

- If I won the lottery, I could travel around the world.
  如果我現在中了樂透，我就可以環遊世界。

➡ **現在**沒有中樂透，所以現在不能去環遊世界

🔹 假設語氣過去完成式

　　如果想要表達的是**與過去事實不符**的假設或想像，像是「如果我當時更努力點，我就能拿到加薪了」，也就是句子中的兩件事都發生在過去時間點，並針對當時的情境做出假設，表達「**如果當時～的話，就～了**」的句子，就會用到**假設語氣過去完成式**。

句子結構長這樣！ ●---

If＋主詞＋過去完成式~, 主詞＋ would/could/might/should ＋ have ＋過去分詞.
　　　條件子句　　　　　　　　　　　主要子句

　　使用過去完成式的假設語氣，通常用來表達「**要是過去做了某事，後來就能有不同結果了**」的懊悔。和假設語氣過去式一樣，雖然在這裡假設的對象是針對過去所發

生的事情，但為了要表達出「這是在過去沒有發生的」、「和過去情況不同的」這種**和過去實際狀況之間的差異**，會把時態往更之前的過去移動，因此會在條件子句裡使用過去完成式。

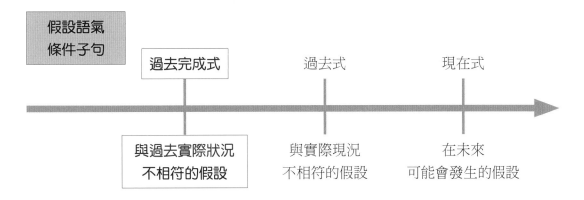

- If I had studied harder, I would have passed the midterm exams.
  如果我當時更努力念書，我就會通過期中考了。

➡ 當時沒有努力念書，所以後來沒有通過期中考

- If Ted had not spent too much money on gambling, he could have bought a house.
  如果泰德當時沒有花太多錢在賭博上，他就可以買一棟房子了。

➡ 當時花了太多錢在賭博上，所以後來不能買房子

- If Alice had not asked Jason out, she could have prepared for the test.
  如果艾莉絲當時沒有約傑森出去，她就能準備那場測驗了。

➡ 當時約了傑森出去，所以後來沒能準備測驗

⚡ 充電站

上面介紹的假設語氣過去式和過去完成式裡，條件子句所假設的前提狀況和主要子句所表達的結果呈現，都是在同個「時間」區段中。

假設語氣**過去式** → 與**現在事實**相反的假設及結果

假設語氣**過去完成式** → 與**過去事實**相反的假設及結果

但如果**條件子句**的假設和**主要子句**中的結果所表達出來的「時間」不同，也就是想表達的是「**如果當時～的話，現在應該～**」的意思，那麼在**條件子句**裡必須用「**假設語氣過去完成式**」，而在**主要子句**裡必須用「**假設語氣過去式**」。

句子結構長這樣！ ▪--

If＋主詞＋過去完成式~, 主詞＋ would/could/might/should **＋原形動詞.**
假設語氣過去完成式　　　　　　假設語氣過去式

- If I had never met you, I would be alone now.
  如果我當時沒有遇見你，我現在應該會孤身一人。

➡ 當時遇見了對方，所以現在不是孤身一人。

- If Jason had studied hard, he would get the scholarship.
  如果傑森當時努力念書，他現在應該會拿到那筆獎學金

➡ 當時沒有努力念書，所以現在沒有拿到獎學金

- If Ivy had learnt driving, she could go to the mall herself.
  如果艾薇當時學了開車，她現在應該就能自己去那個賣場。

➡ 當時沒有學開車，所以現在不能自己去賣場

A: Ted broke up with me yesterday.
泰德昨天跟我分手了。

B: If you had treated him better, he would never have done that.
如果妳以前對他好一點，他就絕不會這樣做了。

A: If I knew I would feel this bad, I would definitely treat him better.
我如果知道自己會這麼難過，我一定會對他更好的。

B: If I were you, I would take relationships more seriously.
如果我是妳，我會更認真看待感情的。

A: I will reflect on myself.
我會反省的。

自己做

1. If I _____ you, I would study abroad.
   如果我是你，我會出國唸書。

2. If you _____ _____ harder, you could have gotten a better job.
   如果你當時更認真念書，你就能得到更好的工作了。

3. If I _____ _____ at home, I would not meet Sandra.
   如果我待在家裡，我就不會遇到珊朵拉了。

4. If Ted _____ _____ smarter, he could have received the scholarship.
   如果泰德當時聰明點，他可能已經拿到那筆獎學金了。

解答：1. were 2. had studied 3. had stayed 4. had been

假設語氣未來式及慣用表達

暖場生活對話 🎧 MP3 67

A: Tomorrow is my birthday party. Will you come?
明天是我的生日派對。你會來嗎？

B: I wish I could go, but I have to finish the final papers first.
我能去的話就好了，但我得先把期末報告做完。

A: If you should come, you can enjoy lots of delicious food.
如果你來的話，你可以享受非常多美食。

B: Sounds awesome! If only I could finish it right now.
聽起來好棒！要是我能現在做完就好了。

A: Maybe you could just show up for lunch.
也許你能過來吃午餐就好。

文法重點

　　前面提過的假設語氣現在式，可以表達的是「未來可能會發生的假設」，但是如果想要表達的是「未來發生機率很低／幾乎不可能發生的假設」，那就必須使用假設語氣未來式了。另外，在生活當中有一些常常會用到的假設語氣慣用表達，也一併學起來吧！

💬 假設語氣未來式

　　想要表達「在未來幾乎沒有發生的可能」或是「在未來有可能發生，但是機率不高」的時候，就會用到假設語氣未來式。

❶ 表達「在未來幾乎沒有發生的可能」

<u>If＋主詞＋were to＋原形動詞</u>, <u>主詞＋would/could/might/should＋原形動詞</u>.
　　　　條件子句　　　　　　　　　　　　　主要子句

「if＋主詞＋were to＋原形動詞」是表達「如果～真的發生的話」的假設意味，這裡做出的是**在未來發生的機率幾乎沒有、趨近不可能**的假設，要特別注意的是不論主詞是什麼，在主詞之後一律都要用 **were**。

● If I were to date Sally, I would definitely be crazy.
　如果我和莎莉約會的話，我一定是瘋了。

➥ 表達「除非瘋了才會和莎莉約會」，表達「兩人約會」這件事幾乎沒有發生的可能

● If Ethan were to give you a million dollars, what would you do?
　如果伊森給你一百萬的話，你會做什麼？

➥ 表達「其實伊森根本不會拿出一百萬給人」，所以「拿到伊森給的一百萬」這件事幾乎不可能發生

❷ 表達「機率不高，不過可能會發生」

<u>If＋主詞＋should＋原形動詞</u>, <u>主詞＋will/can/may/shall＋原形動詞</u>.
　　　　條件子句　　　　　　　　　　　　主要子句

「if＋主詞＋should＋原形動詞」表達的是「萬一發生～的話」的假設，這裡做出的是雖然**發生機率不高、不過還是有可能會發生**的假設。

● If Elsa should come to the party, I will definitely ask her to help.
　萬一艾爾莎來參加派對，我一定會要她幫忙。

➥ 艾爾莎不太可能會出現，不過還是有可能會出現

● If it should rain tomorrow, then we can only stay at home.
　萬一明天下雨的話，我們就只能待在家裡。

➥ 明天不太可能會下雨，不過萬一下了，那就待在家裡

💬 假設語氣的慣用表達

在使用假設語氣的時候，特別容易用到一些句型，下面我們就一起來看看這些慣用表達。特別要注意的是，因為這些句型都是為了要提出實際狀況不同的假設，所以表達出來的意思都是和現實情況不同的情形喔！

1 I wish ＋假設語氣

I wish 的後面加上假設語氣，可以用來表達許願時說「**我希望～**」的意思，這邊要特別注意，使用 wish 這個字所許的都是「**與事實相反**」或是「**不可能發生**」的願望。

- I wish I were handsome.
  我希望我很帥。

- I wish my daughter had listened to me.
  我希望我女兒當時有聽我的。

2 if only ＋假設語氣

If only 和 I wish 一樣都是表達願望的「**真希望／但願～就好了**」，但是 if only 所傳達的祈願意味更加強烈。

- If only I had enough money, I would buy the house.
  要是我現在有足夠的錢就好了，我就會買那棟房子。

- If only I had had enough money, I would have bought the house.
  要是我當時有足夠的錢就好了，我就會買那棟房子了。

3 as if/as though ＋假設語氣

在 as if 或是 as though 的後面加上假設語氣，就可以用來表達「**就好像～**」、「**宛如～**」的意思。

- Ted looks at me as if/as though I were his target.
  泰德看著我，彷彿我是他的獵物。

- Susan looked as if/as though she had seen ghost.
  蘇珊當時看起來就好像她看到了鬼。

❹ if it were not for~ = but for~ = without~

在條件句中出現的 if it were not for~、but for~ 和 without~，它們的後面會先加上名詞，而後面的主要子句則使用假設語氣，可以用來表達「**要不是（因為）～就～**」、「**如果沒有～就～**」的意思。

- If it were not for air, nobody could be alive.

  = But for air, nobody could be alive.

  = Without air, nobody could be alive.

  如果沒有空氣的話，沒有人可以活著。

- If it were not for your help, I would never succeed.

  = But for your help, I would never succeed.

  = Without your help, I would never succeed.

  如果沒有你的幫忙，我絕對不會成功。

A: Lisa smiles at me as if she were my girlfriend.
麗莎對我笑得就像她是我女友一樣。

B: Are you really into her?
你真的喜歡她嗎？

A: If she were more beautiful, I would date her.
如果她更漂亮的話，我會跟她約會。

B: If it were not for her bad taste, I would ask her out.
要不是她品味很差的話，我會約她出去。

A: Hey! I'm just kidding!
嘿！我只是在開玩笑！

自己做

1. If it _____ _____, I will not join the party.
（雖然不太可能，但）如果下雨的話，我不會參加派對。

2. If she _____ _____ become a princess, I would propose to her.
如果她成為公主的話，我就會向她求婚。

3. _____ _____ I had more money to buy a new computer.
我希望我有更多的錢來買新電腦。

4. She smiles _____ _____ she won the lottery.
她笑得像是中了樂透一樣。

解答：1. should rain 2. were to 3. I wish 4. as if

172

Part 10

用來「比較」的表達

暖 場 生 活 對 話  MP3 69

A: Melissa is beautiful.
梅麗莎很漂亮。

B: I agree, but I think Kelly is as beautiful as her.
我同意，不過我覺得凱莉和她一樣漂亮。

A: Oh, they are different types of beauty but the same attractiveness.
噢，她們是不同型的漂亮，不過都很有吸引力。

B: But Melissa is not as capable as Kelly, she is careless.
但是梅麗莎沒有凱莉那麼有能力，她很粗心。

A: Same here.
我也這麼覺得。

文 法 重 點

　　不管是在人與人之間、還是事物之間，常常都會被拿來比較，如果在**比較之後發現兩者在性質、狀態或是程度等方面相同**的時候，我們就會用上**原級形容詞或副詞**來表達這個結果。

　　原級就是**沒有做出任何改變、保持原本狀態**的意思，所以我們平時常用的那些形容詞和副詞，不需要做任何形態上的改變就都已經是原級了。

🗨 使用原級的慣用表達

❶ as＋形容詞[副詞]＋as ~（和～一樣）

　　「**as＋形容詞[副詞]＋as ~**」是最常用到的原級慣用表達，用來表達「**和～一樣**」的意思。在使用的時候，表示性質、狀態或是程度的副詞或形容詞要放在 as 和 as

的中間，主詞和要用來比較的人事物，則會分別放在兩個 as 的前面和後面。

主詞＋as＋形容詞〔副詞〕原級＋as＋相比較的人事物

- Susan is as smart as Alan. 蘇珊和艾倫一樣聰明。

- My dog is as cute as his (dog). 我的狗和他的一樣可愛。

注意！ 在第二個 as 後出現的代名詞，必須使用「主格代名詞」，這是因為比較的是兩個地位相當的人事物，而不是有一方接受了另一方的動作，因此在代名詞之後其實省略了 Be 動詞 is，但在口語用法中，使用受格也可以，尤其是 me、him、her。

  - Jason is tall. 傑森很高。

  ➡ Tom is as tall as he (is). 湯姆和他一樣高。

  - Eric is as tall as I (am). 艾瑞克和我一樣高。【正式說法】

  ➡ Eric is as tall as me. 艾瑞克和我一樣高。【口語說法】

⚡ 充電站

有一些我們常看到的片語，也用到了 as～as～ 的句型。

- **～ as soon as possible：盡快～**
  as soon as possible 是非常常見的片語，用來表達希望對方能夠「**盡可能地快去做某事**」，不管是在口語或是書信中都很常用到，且常常會縮寫成 **ASAP**。

  - You have to give my money back as soon as possible.
    你必須盡快還我錢。

  - I need to finish the report as soon as possible.
    我必須盡快完成那份報告。

- **as＋形容詞〔副詞〕＋as＋某人＋can：盡（某人）所能地～**
  「**as＋形容詞〔副詞〕＋as＋某人＋can**」是很常用來表示「某人盡力去做某事」的英文表達，例如 as fast as I can（盡我所能地快）、as early as you can（盡你所能地早）、as clear as he can（盡他所能地清楚）等等，都是很常見到的使用方式。

- I ran as fast as I can.
  我盡我所能地快跑。

- You have to come as early as you can.
  你必須盡你所能地早到。

- Our teacher explains as clear as he can.
  我們老師盡他所能地解釋清楚。

❷ not as/so ＋形容詞[副詞]＋ as ~（沒有／不像~那麼~）

如果要表達原級的否定「沒有~那麼~」、「不像~那麼~」，那就要用到「**not as/so ＋形容詞[副詞]＋ as ~**」句型。當在比較 A 和 B 的時候，若發現其中一方不如對方，就可以用這個句型來表達。

- Ted is not as/so handsome as Joseph.
  泰德不像喬瑟夫那麼帥。

- Melissa is not as/so smart as Jamie.
  曼麗莎沒有潔咪那麼聰明。

注意！ 雖然 not so ~ as ~ 和 not as ~ as ~ 都是正確的，但在日常對話的時候，比較常使用 not as ~ as ~。

❸ 倍數＋ as ＋形容詞[副詞]＋ as ~（是~的~倍）

如果想要表達「這個包包是那個的 2 倍大」、「那隻狗只有我的狗的一半大」……等的**倍數概念**時，也會用到原級的表達。

當遇到要表達倍數的情形時，就會在「**as ＋形容詞[副詞]＋ as ~**」之前加上表示「~倍」的表達，例如 **half**（一半）或 **twice**（2 倍），要表達 3 倍以上則會用到 **~times**（倍）來表達，只要在 times 前面加上數字就可以了，例如 three times（3 倍）、four times（4 倍）等等。

- The dog is half as big as mine.
  那隻狗只有我的狗的一半大

- This bag is twice as big as that one.
  這個包包是那個的 2 倍大

- This cat is 3 times as large as that one.
  這隻貓是那隻的三倍大。

MP3 70

A: Joseph and Anna are there!
喬瑟夫跟安娜在那裡！

B: Wow! Joseph is now as tall as Anna.
哇！現在喬瑟夫跟安娜一樣高了。

A: Amazing, boys are growing so fast!
太神奇了，男孩子長得好快！

B: Yeah, he was only half as tall as Anna last year.
對呀，他去年時還只有安娜的一半高。

A: I think Joseph will soon be as tall as his father.
我認為喬瑟夫很快就會跟他爸爸一樣高了。

自己做

1. Paul is _____ handsome _____ Sam.
保羅跟山姆一樣帥。

2. Maria is _____ lazy _____ Ted.
瑪莉雅跟泰德一樣懶惰。

3. I'd like you to respond as _____ as _____.
我希望你盡快回覆。

4. Sarah is _____ _____ tall as Mary.
莎拉沒有瑪莉那麼高。

解答：1. as, as 2. as, as 3. soon, possible 4. not as/so

暖場生活對話  MP3 71

A: Melissa is taller than Jamie. Why?
　梅麗莎比傑米還要高。為什麼？

B: It is because Melissa drinks more milk than Jamie.
　這是因為梅麗莎比傑米喝更多牛奶。

A: Is that the only reason?
　就這個原因而已嗎？

B: I think Melissa also exercises more than Jamie.
　我想梅麗莎也比傑米更常運動。

A: No wonder she looks so athletic!
　難怪她看起來那麼健美！

文法重點

　　如果把兩個人、事或物拿來比較，結果發現**這兩個被比較的人事物之間有差距**，這時**比較級**就會派上用場，用來表達「**A 比 B 更～**」的意思。

A tiger is bigger than a cat.
老虎比貓咪大。

big　　　　　bigger
大的　　　　　更大的

比較級的句型是「形容詞［副詞］比較級＋than~」。這邊要特別注意的是，在使用比較級的時候，**句子裡的形容詞或副詞會產生變化**，變成「**形容詞［副詞］比較級**」的形態，大部分形容詞或副詞的變化有一定規則，只有少部分字彙是不規則變化，只要理解變化規則並記下幾個常用的不規則變化，就能夠掌握比較級的使用方法。

🗨 形容詞和副詞的比較級／最高級變化規則

原級形容詞或副詞要變成比較級的時後，形容詞和副詞的形態就會改變，這些變化大部分都是有規則的，且會因為形容詞或副詞的自身差異而必須採用不同的變化規則，另外，**比較級和最高級的形容詞［副詞］變化規則相當類似，只是字尾要加上的東西不一樣**，所以我們會一併介紹，一起來看看吧！

① **單音節**中的母音為**長母音**，或者**雙音節**的大部分形容詞和副詞，比較級**直接在字尾加上 -er**，最高級則在字尾**加上 -est**

small（小的）→ smaller（更小的）→ smallest（最小的）

cheap（便宜的）→ cheaper（更便宜的）→ cheapest（最便宜的）

tough（強硬的）→ tougher（更強硬的）→ toughest（最強硬的）

② **大部分以 e 結尾的單音節形容詞和副詞，比較級直接在字尾加上 -r，最高級則在字尾加上 -st**

wise（有智慧的）→ wiser（更有智慧的）→ wisest（最有智慧的）

large（大的）→ larger（更大的）→ largest（最大的）

nice（好的）→ nicer（較好的）→ nicest（最好的）

③ **大部分以「短母音（a,e,i,o,u）＋單子音（n,p,g,t）」結尾的單音節形容詞和副詞，先重複字尾，比較級要加上 -er，最高級則是加上 -est**

hot（熱的）→ hotter（更熱的）→ hottest（最熱的）

big（大的）→ bigger（更大的）→ biggest（最大的）

fat（肥胖的）→ fatter（更肥胖的）→ fattest（最肥胖的）

④ 以「d, l, n, p, r, s, t＋y」結尾的雙音節形容詞和副詞，先將字尾的 y 去掉，比較級時加上 -ier，最高級則是加上 -iest

pretty（漂亮的）→ prettier（更漂亮的）→ prettiest（最漂亮的）

silly（愚蠢的）→ sillier（更愚蠢的）→ silliest（最愚蠢的）

busy（忙碌的）→ busier（更忙碌的）→ busiest（最忙碌的）

⑤ 字尾是 -ed 或 -ing 的形容詞和副詞，通常前面加上 more 就會變成比較級、加上 most 就會變成最高級

interesting（有趣的）→ more interesting（更有趣的）
                       → most interesting（最有趣的）

exciting（令人興奮的）→ more exciting（更令人興奮的）
                      → most exciting（最令人興奮的）

tiring（累人的）→ more tiring（更累人的）→ most tiring（最累人的）

⑥ 三音節以上及部分雙音節的形容詞和副詞，前面加上 more 變成比較級、加上 most 變成最高級

expensive（昂貴的）→ more expensive（更昂貴的）→ most expensive（最昂貴的）

important（重要的）→ more important（更重要的）→ most important（最重要的）

beautiful（美麗的）→ more beautiful（更美麗的）→ most beautiful（最美麗的）

⑦ 不規則變化的形容詞和副詞

good（好的）→ better（更好的）→ best（最好的）

bad（差的）→ worse（更差的）→ worst（最差的）

many/much（多的）→ more（更多的）→ most（最多的）

比較級的表達方式

比較級是用來比較兩個人事物之間在狀態、性質和程度上的差距，句型是「形容詞［副詞］比較級＋ than~」，用來和主詞相比較的人事物要放在 than 之後。

❶ 主詞 A ＋ Be 動詞＋形容詞比較級＋ than ＋主詞 B（A 比 B 還要～）

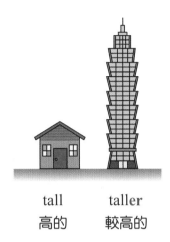

Taipei 101 is taller than my house.
台北 101 比我家還要高。

tall	taller
高的	較高的

❷ 主詞 A ＋一般動詞＋副詞比較級＋ than ＋主詞 B（A 做～比 B 還要～）

I run faster than the dog.
我比那隻狗跑得還快。

fast	faster
快的	較快的

注意! 如果想要強調被比較的人事物之間差距非常大，只要在比較級之前加上 much / far / even / still，就可以用來表達「～得多」、「遠比～」的意思。

- Mary is much more beautiful than Sarah.
  瑪莉比莎拉要美得多了。

- Adam is far wiser than Stan.
  亞當遠比斯坦聰明。

會話應用  MP3 72

A: Ted seems to be smarter than me.
　　泰德似乎比我聰明。

B: I don't think so.
　　我不這麼認為。

A: Why?
　　為什麼？

B: I think you are smarter, but Ted studies much harder than you.
　　我覺得你比較聰明，但是泰德念書比你認真得多。

A: Well, maybe that's true, I will work harder.
　　嗯，也許真的是這樣，我會更認真一點。

自己做

1. I will work _____ _____ Melissa.
　　我會比梅麗莎更認真工作。

2. Ted is _____ _____ Max.
　　泰德比麥克斯高。

3. 請填入正確的比較級、最高級的形容詞或副詞變化
　（原級→比較級→最高級）
　　1 devoted（投入的）→ _____ → _____
　　2 smart（聰明的）→ _____ → _____
　　3 happy（快樂的）→ _____ → _____

解答：1. harder than 2. taller than 3. 1 more devoted, most devoted 2 smarter, smartest 3 happier, happiest

Chapter 3

最高級

暖場生活對話 🎧 MP3 73

A: This house is the most expensive in the neighborhood, but it's also the most popular one.

這間屋子是這附近最貴的，但也是最受歡迎的。

B: Umm... How come it is the most popular one?

嗯……它為什麼是最受歡迎的？

A: The location is convenient and it was built with the best materials.

地點很方便，而且它是用最好的材料建造的。

B: Oh, I see. But I can't afford a house that cost millions of dollars.

噢，我知道了。但我無法負擔幾百萬美金的房子。

A: Maybe we can see the one in a few blocks away, it's a lot cheaper.

也許我們可以去看幾個街區之外的那間，它便宜多了。

文法重點

在比較三個以上的人事物時，如果想要說明其中一個人事物的程度、性質或等級是「三者（以上）之中最～」的時候，就要用到**最高級**。

large	larger	largest
大的	更大的	最大的

This cup of soda is the largest of three.
這杯汽水是三杯裡最大杯的。

最高級的句型是「**the +形容詞[副詞]最高級 + of/in ~**」，用來表達「**在～之中最～**」的意思，且和比較級相同，在最高級句型裡使用的形容詞或副詞也會發生變化，我們在前面一節已經提過了形容詞和副詞的最高級變化規則，大家可以翻回去再看一次變化規則，讓自己能更熟悉變化方式喔！

💬 最高級的表達方式

① 主詞 + **Be**動詞 + the +形容詞最高級 + of/in ~（在～之中最～）

The brown cat is the fattest of all the cats in the café.
那隻棕色的貓是咖啡店的貓之中最胖的。

fat   fatter   fattest
胖的   較胖的   最胖的

⚡ 充電站

在形容詞或副詞最高級後方加上以 of/in 帶出的介系詞片語，就能夠用來清楚表達這個最高級**是在什麼樣的群體或範圍內**，進行程度、性質或等級的比較，也就是只要利用以 of/in 帶出的介系詞片語，就能明確說明是「**在～之中（最～）**」的意思。

在使用的時候，要依不同的設定範圍來選擇要用 in 還是 of。

· in +地點、範圍

➡ 限定在**一個地點或範圍內**的對象之中，例如 in Taiwan（在台灣）、in the class（在班上）、in school（在校內）等等。

· of +三個以上的人事物

➡ 限定在**一組三個以上的人事物的範圍**之內，例如 of five people（在五人之中）、of all the students（在所有學生之中）、of all the boys（在所有男孩之中）等等。

❷ 主詞＋一般動詞＋ (the) ＋副詞最高級＋ of/in ~（主詞在～之中做～最～）

Melissa runs (the) fastest in her family.
梅麗莎是她們家裡跑得最快的。

fast	faster	fastest
快的	較快的	最快的

注意！ 想要加強最高級的語氣時，可以在形容詞或副詞最高級前加上 **much** 或 **by far**，來表達出「絕對是最～」、「最最～」的感覺。另外，如果在 the 之後加上 **very**（真正、極其），變成「**the ＋ very ＋形容詞[副詞]最高級**」，也可以用來強調最高級的程度，表達「正是～最～」的意思。

● Anthony is much the strongest man in our town.
安東尼絕對是我們鎮上最強壯的男人。

● Susan is by far the smartest in her class.
蘇珊是她班上最最聰明的。

● April is the very most careless of all the five girls.
艾波正是這五個女孩之中最粗心的。

A: Melissa is the most hard-working student in the class.
梅麗莎是班上最努力的學生。

B: Why do you say so?
為什麼你會這樣說？

A: She takes notes and studies hard every day.
她每天都做筆記，而且很認真念書。

B: You're right. She always hands in assignments first and the quality is also the best.
你說的對。她總是第一個交作業，而且品質也是最好的。

A: I have no doubt about that.
我一點都不懷疑。

自己做

1. My mom is _____ _____ teacher to me.
對我來說，我媽媽是最好的老師。

2. Ted is _____ _____ in the class.
泰德是班上最矮的。

3. My father is the _____ of all his brothers.
我爸爸是他所有兄弟中最聰明的。

4. Meeting his wife is the _____ thing in his life.
遇見他老婆是他生命中最棒的事。

答案：1. the best 2. the shortest 3. smartest 4. best

引導子句的連接詞

引導名詞子句的連接詞

暖場生活對話 🎧 MP3 75

A: That Ted seems to like Melissa worries me.
泰德好像喜歡梅麗莎的這件事讓我擔心。

B: You like Ted, right?
妳喜歡泰德，是嗎？

A: I don't know if he will like me, so I have never told him.
我不知道他會不會喜歡我，所以我從來沒告訴他。

B: Whether he likes you or not is still unknown. You should give it a try.
還不知道他喜不喜歡妳，妳應該要試試看。

A: I think you are right.
我想你是對的。

文法重點

　　我們在文法解說裡常常會看到「子句」這個詞，其實子句就是含有「主詞＋動詞」的詞組，如果一個句子裡面有 2 個以上的子句時，用來表達句子主題的子句被稱為主要子句，而用來補充說明主要子句，給予附加資訊的子句，則被稱為從屬子句。而按照從屬子句的功能來分類的話，可以把它們分成名詞子句、關係子句和副詞子句，我們在這裡先介紹名詞子句和用來引導它的連接詞。

💬 名詞子句的功能

　　名詞子句顧名思義就是可以當成名詞來用的子句，因此就和名詞一樣，名詞子句能夠被當作句子的主詞、受詞、補語或同位語。

在名詞子句的最前面**常常會出現用來引導子句的連接詞、疑問詞或關係代名詞**，只要加上這些用來引導的字，就可以讓句意更完整，也可以看成加上這些字是為了要把一個完整子句變成名詞的方法。

- **That** he is happier than before makes his friends relieved.
  他比以前快樂（的這件事）讓他的朋友們鬆了一口氣。
  ▲ That he is happier than before 做為上面這個句子的**主詞**

- I don't know **whether** he is coming or not.
  我不知道他會不會來。
  ▲ whether he is coming or not 當作動詞 know 的**受詞**

- My guess is **that** he forgot the meeting.
  我的猜測是他忘了這場會議。
  ▲ that he forgot the meeting 做為 My guess 的**補語**

- Mary was surprised by <u>the news</u> **that** Sherry is getting married.
  ▲ that Sherry is getting married 是補充說明前面 the news 具體內容的**同位語**

🗨 引導名詞子句的連接詞

在前面介紹詞性的時候，我們介紹過用來**把從屬子句與主要子句結合成一個句子的從屬連接詞**，從屬連接詞是個龐大的家族，可以**用來引導名詞子句的從屬連接詞有 that、if、whether**，我們一起來看看要怎麼用吧！

★ **使用從屬連接詞來引導名詞子句，子句構成長這樣！**

> 名詞子句＝ **that/if/whether** ＋主詞＋動詞

① that：～這件事

- **That** her mom got pregnant at the age of 50 surprises everyone.
  她媽媽在 50 歲懷孕的這件事讓所有人都很驚訝。

注意！ 若沒有使用從屬連接詞 that 讓 her mom gets pregnant 變成一個可以扮演主詞角色的名詞子句，那麼這個句子就會變成一個有兩個動詞的錯誤句子。

- I think **(that)** I should go out with him tomorrow.
  我認為我明天應要跟他出去。

注意！ 用 that 引導的名詞子句當作受詞時，句子裡的連接詞 that 常被省略。另外，有些關於「思考」、「表達」的動詞後面特別喜歡接這種用 that 引導的名詞子句，例如 **believe**（相信；認為）、**consider**（認為）、**expect**（預期）、**decide**（決定）、**know**（知道）、**think**（想；認為）、**understand**（理解）、**explain**（解釋）等等。

- The fact is **that** Jason cheated on the exam.
  事實就是傑森考試作弊了。

- I'm sad about the fact **that** Amy lied to me.
  我對於艾咪向我說謊的這個事實感到難過。

注意！ 像上面這種用 that 引導的名詞子句來補充說明前方名詞的用法，就是同位語，這種同位語用法前面放的名詞常含有「想法」或「事實」等意義，例如 **news**（消息）、**fact**（事實）、**idea**（想法）、**thought**（想法）、**information**（資訊）、**decision**（決定）等等。

❷ if/whether：是否～

- I don't know **if/whether** she has a boyfriend.
  我不知道她是否有男朋友。

注意！ if 和 whether 都是「是否～」的意思，但 whether 較常用在偏正式的場合，例如開會或是商務書信往來，而一般在日常會話中比較常用到 if。

- **Whether** Melissa has a crush on Ted **(or not)** remains a mystery.
  梅麗莎是否喜歡泰德還是個謎。

注意！ 有時在句子裡會出現 or not 來更清楚的表達「是或不是」的句意，雖然在口語上使用 if 或 whether 都可以，但一般會選擇使用 whether 而不是 if，而在使用 whether 的情況下，or not 可以選擇放在 whether 之後或是名詞子句的句尾，但如果使用的是 if，則 or not 只能放在句尾。

  - **Whether** Jason will go camping **or not** is still unknown.
    還不知道傑森是否會去露營

  ➡ **Whether or not** Jason will go camping is still unknown.

  ➡ **If** Jason will go camping **or not** is still unknown.

A: I don't know if I should be with Alan anymore.
我不知道我是否該繼續和艾倫在一起。

B: What's the problem? I thought that everything was fine.
出了什麼問題？我以為一切都很好。

A: That Alan keeps telling me what to do makes me annoyed.
艾倫一直告訴我要做什麼讓我覺得很厭煩。

B: Oh, if that's the case, maybe you two are just not meant for each other.
噢，如果是這樣的話，也許你們兩個就是不適合。

A: I think you might be right.
我覺得你可能是對的。

自己做

1. I don't know _____ it will work.

   我不知道這是否會有用。

2. _____ my dog is sick breaks my heart.

   我的狗生病了的這件事讓我心碎。

3. _____ Ted attends the party or not decides if I will attend.

   泰德是否參加派對的這件事決定了我是否會參加。

4. I believe _____ I was right about the answer.

   關於那個答案，我相信我是對的。

解答：1. if/whether 2. That 3. whether 4. that

191

引導副詞子句的連接詞

Chapter 2

暖場生活對話 MP3 77

A: I can't ask Ted for help because he is on leave.
我無法請泰德幫忙，因為他正在休假。

B: Why is he taking leave?
他為什麼要請假？

A: Since his wife just gave birth, he is taking the paternity leave.
因為他老婆剛剛生了小孩，他請了陪產假。

B: Awcsomc! Maybc wc can prcparc some gifts for the newborn.
太棒了！也許我們可以準備一些禮物給寶寶。

A: Yeah, and we can give him the gifts when he comes back.
是啊，然後等他回來，我們可以把禮物拿給他。

文法重點

　　我們在前面介紹了名詞子句和用來引導它的從屬連接詞，現在我們要來介紹可以用來**修飾主要子句的副詞子句**以及用來**引導副詞子句的從屬連接詞**。

🗨 副詞子句的功能

　　副詞子句顧名思義就是**扮演著副詞角色的子句**。和副詞相同，副詞子句可以用來**修飾主要子句裡的動詞、副詞或形容詞**。利用副詞子句就能夠對主要子句**提供更多的細節資訊**，例如事件發生的時間、做某事的理由或者是必須要達到的條件等等，讓句意更加完整。

- I can't reach Melissa because she left her cell phone at home.
  我聯繫不上梅麗莎，因為她把手機忘在家裡了。【原因資訊】

- I was exercising when the phone rang.
  當電話響時，我正在運動。【時間資訊】

副詞子句不論放在主要子句的前面或後面都可以，但如果**放在主要子句前面**的時候，那就**必須在副詞子句後面加上逗號**，來把它與主要子句分開。

- I feel sad since you don't like me.
  因為你不喜歡我，我覺得難過。

➡ Since you don't like me, I feel sad.

另外，因為副詞子句是用來修飾主要子句的，所以它的存在取決於主要子句，**沒有主要子句就不會有副詞子句**，例如 because I like you 這種副詞子句就不能單獨存在，一定要有主要子句 I want to ask you out，副詞子句 because I like you 的存在才有意義。

　　　　副詞子句　　　　　　主要子句
Because I like you, I want to ask you out.
因為我喜歡你，我想約你出去。

🗨 引導副詞子句的連接詞

　　副詞子句和名詞子句一樣，前面都需要加上**引導副詞子句的從屬連接詞**，這些從屬連接詞可以**用來表達副詞子句和主要子句之間的關係**，大致上可以分成時間、地點、理由、條件、讓步（儘管～）等關係。

★ 使用從屬連接詞來引導副詞子句，子句構成長這樣！

> ### 副詞子句＝從屬連接詞＋主詞＋動詞

　　特別要注意的是，**從屬連接詞**（so ~ that, since, because...）無法像是對等連接詞（and, but, so...）連接對等的單字或片語，**只能連接子句**。

　　下面我們來介紹一些用來引導副詞子句的**代表性從屬連接詞**，這些從屬連接詞分別能夠補充主要子句的「**時間**」、「**地點**」、「**理由**」、「**條件**」、「**讓步（儘管～）**」等資訊，讓整個句子的句意變得更加完整。

❶ 引導表達「時間」的副詞子句

when 當～的時候	once 一旦～
while 當做～的時候	as soon as ~ 一～立刻～
as 做～的時候；一邊～；隨著～	no sooner ~ than ~ 一～就～
after 在～之後	until/till 直到～
before 在～之前、還沒做～就～	every/each time ~ 每次～總是～
since 自從～以來	next time ~ 下次～時

- **When** Kelly went shopping, her mom was having dinner.
  當凱莉去購物時，她媽媽正在吃晚餐。

- I went to school **after** I ate breakfast this morning.
  我今天早上在吃完早餐後去上學。

- Kelly didn't know what to do **until** she received the directions.
  凱莉不知道該做什麼，直到她收到了指示。

❷ 引導表達「地點」的副詞子句：where（在～的地方）

- Tom went to the night club **where** he drank a lot of beer.
  湯姆去了夜店，他在那裡喝了很多啤酒。

- **Where** there is light, there is shadow.
  有光明的地方就有陰影。

- Alan went to the bookstore **where** he bought Mary's birthday gift.
  艾倫去了書店，他在那裡買了瑪莉的生日禮物。

③ 引導表達「理由」的副詞子句

because 因為～、～所以	since/as 因為～
now(that) ~ 而今～、所以～	so that ~ 為了～、以便～
in order that ~ 為了～、以便～	so ~ that ~ 太～以致於～

- **Because** I was very hungry, I went out to get some takeout.
  因為我很餓，所以我出去買了一些外帶。

➡ **Since** I was very hungry, I went out to get some takeout.

➡ **As** I was very hungry, I went out to get some takeout.

注意！ because、since 和 as 都是表達「因為～」意義的原因或裡由，但是三者之中，because 所表達的原因或理由會更清楚直接。

- Please give me your credit card so that I can cancel the purchase.
  請給我您的信用卡，以便我取消這筆交易。

注意！ 在日常對話中使用 so that 的時候，有時會把 that 省略掉。

- I put on my coat so (that) I can stay warm.
  為了保持溫暖，我把大衣穿上。

- Adam skipped classes this morning so (that) he could get some rest.
  為了休息一下，亞當今天早上翹課了。

④ 引導表達「條件」的副詞子句

if（如果～的話）	as long as ~（若～；只要～）
unless（如果不～、除非～）	provided[providing] (that) ~（在～的條件下）
in case ~（萬一～、以免～）	suppose[supposing] that ~（假設～）

- I will go to the ball **if** you invite me.
  如果你邀請我，我會去參加舞會。

- **As long as** you apologize to me, I will forgive you immediately.
  只要你向我道歉，我會立刻原諒你。

- **Unless** Sam finish all his homework, he won't be allowed for watching TV.
  除非山姆完成他所有的功課，不然他不會被允許看電視。

⚡ 充電站

在由 when 或 if 等表達「時間」或「條件」的連接詞引導的副詞子句裡，就算表達的是**未來發生的事**，也會用**現在式**來表達。

用現在式表達未來發生的事情
If the weather **is** fine tomorrow, we will go camping.
如果明天天氣好，我們會去露營。

用現在式表達未來發生的事情
I will tell him the truth **when** all the investigations **are** done.
當所有的調查完成，我會告訴他真相。

❺ 引導表達「讓步」的副詞子句

though/although 儘管～	even though 即使～也～ （比 though 更強烈）
even if 即使～也～ （比 if 更強烈）	whether A or B 不論是 A 或 B

- **Although** Eric was really angry, he didn't say anything mean.
  儘管艾瑞克非常生氣，但他還是沒說什麼惡毒的話。

➡ **Though** Eric was really angry, he didn't say anything mean.

注意！ although 和 though 的意思都是「儘管～」，但是 although 只能放在句首，而日常會話中較常使用的是 though。

- Even if Sam treats me well, I won't forgive him.
  即使山姆對我很好，我也不會原諒他。

- Whether Tom stays at home or not, I will stay at home all day.
  不論湯姆要不要待在家裡，我都會待在家裡一整天。

A: Did you receive the package I sent to you?
你收到我寄給你的包裹了嗎？

B: No, when did you send it? Maybe I was out when the package was delivered.
沒有，你什麼時候寄的？也許貨送來的時候我在外面。

A: It should have been delivered yesterday afternoon.
I will find out what happened yesterday.
它應該要在昨天下午送到的。我會去搞清楚昨天發生了什麼事。

B: Okay, just remember to let me know the time so that I can wait for the delivery guy.
好，記得跟我說一下是什麼時候，讓我可以等送貨的人來。

自己做

1. _____ it was raining, she was shopping.
她正在購物的時候下雨了。

2. I don't want to go to school _____ I feel sick today.
我不想去上學，因為我今天覺得不舒服。

3. _____ Susan studied very hard, she failed the exam.
儘管蘇珊很努力念書，她還是不及格。

4. _____ _____ _____ you behave well, I'll bring you to the amusement park.
只要你表現良好，我會帶你去遊樂園。

解答：1. when/while 2. because/since/as 3. Although/Though 4. As long as

當我們想要把兩個句子連接在一起的時候，除了前面學到的連接詞之外，也可以使用「**關係詞**」。

　　關係詞和連接詞一樣，扮演著兩個句子之間的橋梁，但與連接詞不同的地方在於，關係詞還能夠取代掉兩個句子裡重複的地方，讓句子變得更簡潔。

　　接下來我們就一起看看有著「連接詞＋代名詞」作用的**關係代名詞**吧！

關係代名詞

關係代名詞的概念與格

Chapter 1

暖場生活對話 MP3 79

A: The girl who is dancing now is my girlfriend.
正在跳舞的女孩是我的女朋友。

B: She looks pretty! By the way, who is the girl over there?
她看起來好漂亮！對了，那邊那個女孩是誰？

A: That's Cara, who is my classmate. Do you want to know her?
那是卡拉，她是我的同學。你想認識她嗎？

B: Yeah, and I know a pretty decent bar which serves great food and beer. Do you think she will be interested?
是啊，而且我知道一家很棒的酒吧，那裡有供應美食和啤酒。你覺得她會有興趣嗎？

A: I bet she will. She is a foodie whose hobby is eating delicious food.
我敢說她會，她是個興趣是吃美食的吃貨。

文法重點

　　如果想要把兩個句子連在一起，而且還想要讓句子變得更簡潔，那這個時候就可以使用**關係代名詞**。關係代名詞可以用來**代替前面出現過的名詞**，並對那個名詞補充**說明，而且還具有連接詞的功能**，可以用來連接兩個句子，簡單來說，**關係代名詞就是讓兩個句子可以連接並產生關係的代名詞**。

關係代名詞 = 連接詞＋代名詞

　　關係代名詞家族**隨著代替的對象和功能**的不同，有 who、whom、whose、which、that、what 這幾個。可以簡單整理成下面這個表格的分類。

		主格	受格	所有格
先行詞的（代替的對象）	人	who	whom/who	whose
	事物	which	which	whose
	人或事物都可	that	that	--
包含先行詞意義		what	what	--

注意！ 先行詞就是關係代名詞提供附加說明的對象，也就是受到關係子句修飾的那個在前面「先行出現的詞」的意思，先行詞不一定會是名詞或代名詞，也有可能是名詞片語。

● The boy is standing over there. He is my son.

　先行詞　　關係代名詞

➡ The boy who is standing over there is my son.
站在那裡的那個男孩是我兒子。

▲ 利用關係代名詞 who 把前後兩個句子連接起來，who 代替的是句子裡的代名詞 He。

🔵 主格關係代名詞

　　如果在使用關係代名詞的詞組（也就是「關係代名詞子句」）裡要代替的對象，在原本的句子裡面扮演的是**主格**的角色，那麼就可以使用**主格關係代名詞** who、which 和 that，但要注意的是如果先行詞是「人」，那就要用 **who**，如果先行詞是「人以外的事物」，那就要用 **which**，而在大部分情況下不論先行詞是人或事物都可以用 **that**。

● The girl is my girlfriend. She is riding a bike.
➡ The girl **who** is riding a bike is my girlfriend.
騎著腳踏車的女孩是我的女朋友。

▲ 關係代名詞子句 who is riding a bike 修飾前面的先行詞 the girl，補充說明 the girl 的性質，其中關係代名詞 who 代替的是代表 the girl 的 she。

● There is a shop. It sells items from Japan.
➡ There is a shop **which** sells items from Japan.
有一家賣日本商品的店。

▲ 關係代名詞子句 which sells items from Japan 修飾前面的先行詞 a shop，補充說明 shop 的性質，其中關係代名詞 which 代替的是代表 a shop 的 it。

注意！ 在關係代名詞後面出現的動詞形式可能會因為先行詞的不同而發生變化。

第三人稱單數的先行詞
- **I have <u>a friend</u> who <u>is</u> a baseball player.**

be 動詞

我有一個是棒球員的朋友。

第三人稱單數的先行詞
- **Elsa is <u>the girl</u> who <u>leads</u> the team.**

一般動詞加 s

愛爾莎是率領團隊的那個女孩。

💬 受格關係代名詞

如果關係代名詞的代替對象是句子裡的**受詞**，那就可以用**受格關係代名詞** whom、which 和 that 來替代。

如果先行詞是「人」就用 **whom**、是「人以外的事物」就用 **which**，而**大部分情況下不論先行詞是人還是事物**，都可以用 **that** 來替代。

特別要注意的是，在生活中對話的時候，其實**常常會省略掉受格關係代名詞**，或者在代替人物先行詞的時候**用 who 而不用** whom，所以 whom 常常只會在書面文字裡存在。

- I just called the girl. The girl is my girlfriend.

➡ <u>The girl</u> **whom** I just called is my girlfriend.
我剛打電話的女孩是我的女朋友。

▲ 關係代名詞子句 whom I just called 修飾前面的先行詞 the girl，補充說明了 the girl 的性質，關係代名詞 whom 替代的是原本在 I just called the girl. 裡扮演受詞的 the girl，這個句子裡的 whom 也可以用 who 代替。

- I touched the dog. The dog is my pet.

➡ <u>The dog</u> **which** I touched is my pet.
我摸的狗是我的寵物。

▲ 關係代名詞子句 which I touched 修飾前面的先行詞 the dog，補充說明了 the dog 的性質，而關係代名詞 which 替代的是 I touched the dog. 裡的受詞 the dog。

⚡ 充電站

　　在前面關於主格和受格關係代名詞的介紹裡，都提到了在大部分情況下，都可以用 that 來替代 who、whom 和 which。但 that 也不是萬能的，在遇到一些特定情況時，就不能用 that，現在我們就一起來看看哪些情況下不能使用 that 吧。

1. 在要放關係代名詞的位置之前出現介系詞時，關係代名詞不能用 that

在關係代名詞之前出現了**介系詞**

（Ｘ）This is the coffee house **in** that I met my wife.

（Ｏ）This is the coffee house **in** which I met my wife.
這是我遇見我太太的那間咖啡店。

2. 在要放關係代名詞的位置之前出現逗號時，關係代名詞不能用 that

在關係代名詞之前出現了**逗號**

（Ｘ）My sister**,** that is a doctor, lives in Taipei.

（Ｏ）My sister**,** who is a doctor, lives in Taipei.
我的醫生妹妹住在台北。

💬 所有格關係代名詞

　　如果關係代名詞代替的對象是句子裡用來表達「～的」意思的**所有格**，例如 his、her、my、Adam's……等所有格，那麼就可以用**所有格關係代名詞 whose**，無論前方的先行詞是人還是事物，都可以用 whose，這裡的 whose 可以和後方接著的名詞組合成一個詞組，用來補充說明前方先行詞的資訊。

- The girl is my classmate. Her bike is blue.

➡ The girl **whose** bike is blue is my classmate.
這個腳踏車是藍色的女孩是我的同學。

▲ 關係代名詞子句 whose bike is blue 修飾前面的先行詞 the girl，補充說明了 the girl 的性質，而所有格關係代名詞 whose 就是 Her bike is blue. 裡的 Her。

- I love my mother. Her hands are so warm.

➡ I love <u>my mother</u> **whose** hands are so warm.
　我愛我那雙手非常溫暖的媽媽。

▲ 關係代名詞子句 whose hands are so warm 修飾前面的先行詞 my mother，補充說明了 my mother 的性質，而所有格關係代名詞 whose 就是 Her hands are so warm. 裡的 Her。

💬 包含先行詞意義的 what

　　除了上面提到的 who、which、whose、that 之外，關係代名詞家族還有包含了先行詞意義的 **what**，在這裡可以把 what 想成是「the thing(s) which~（～的人事物）」，也就是 what 本身就有「**先行詞＋關係代名詞**」的作用，所以如果用了 what，句子裡就不會再出現先行詞，而 what 可以構成名詞子句，讓整個名詞子句變成主詞、受詞或是補語。

★這樣說起來好像有點模糊，來看看下面的例子吧！

- I don't know the things. He wants the things.

➡ I don't know <u>the things</u> **which** he wants.

➡ I don't know **<u>what</u>**(= the things which) he wants.
　我不知道他想要什麼。

▲ 原本關係代名詞子句 which 替代了 He wants the things. 裡的受詞 the things，並修飾了先行詞 the things，但現在以 what 取代整個「先行詞＋關係代名詞（the things which）」，並讓整個子句變成了一個被當成受詞的名詞子句。

- Nobody knows the things. He is talking about the things.

➡ Nobody knows <u>the things</u> **which** he is talking about.

➡ Nobody knows **<u>what</u>**(= the things which) he is talking about.
　沒人知道他在說什麼。

▲ 原本關係代名詞子句 which 替代了 He is talking about the things. 裡的受詞 the things，並修飾了先行詞 the things，但現在以 what 取代整個「先行詞＋關係代名詞（the things which）」，並讓整個子句變成了一個被當成受詞的名詞子句。

A: The man who is staring at you is my father.
正在盯著你看的男人是我爸爸。

B: You mean the man who has long hair?
你是說那個長髮的男人嗎？

A: No, he is the man who is walking the dog.
不是，他是正在遛狗的那個男人。

B: Oh, I see him. Why is he looking at me so fiercely?
噢，我看到他了，為什麼他這麼兇狠地看我？

A: Don't worry. He's just wondering whom I am with.
別擔心，他只是好奇我跟誰在一起。

自己做

1. The man _____ is running is my elder brother.
正在跑步的男人是我的哥哥。

2. The dog _____ name is Spotty is the watchdog of school.
叫斑斑的狗是學校的看門狗。

3. The cat _____ you touched is my pet.
你剛剛摸的貓是我的寵物。

4. I don't know _____ my girlfriend wants.
我不知道我女朋友想要什麼。

解答：1. who/that 2. whose 3. which/that 4. what

Chapter 2 需要注意的關係代名詞用法

A: The woman, whom Ted is talking with, is Melissa.
那個正在跟泰德説話的女人是梅麗莎。

B: They seem very close. I thought office romance is not allowed.
他們看起來很親密。我以為辦公室戀情是不被允許的。

A: I've heard she had a relationship with Ted, which almost got him fired.
我聽説她曾跟泰德交往過，這件事差點導致他被開除。

B: Well, it looks like they're still together now.
這個嘛，他們看起來現在還在一起。

A: I don't know, but what I've heard is that the girl with whom Ted is dating is Jamie.
我不知道，但我聽到在和泰德約會的女孩是潔米。

文 法 重 點

在使用關係代名詞的時候，有一些用法要特別注意，例如 ① 有加逗點和沒加逗點意義差很多的限定與非限定用法，②「介系詞＋關係代名詞」的用法。

💬 限定用法 VS. 非限定用法

有的時候我們會看到在關係代名詞前面出現了逗點，但有的時候又沒有，就像底下的這兩個句子。

Ⓐ I have two friends who graduated from Oxford.
我有兩個從牛津畢業的朋友。【可能還有其他的朋友】

Ⓑ I have two friends, who graduated from Oxford.

我有兩個朋友，他們是從牛津畢業的。【只有兩個朋友】

★ 到底有沒有逗點對句子有什麼影響呢？

在對句子裡的名詞（也就是先行詞）補充說明的時候，會有「**沒有限定範圍**」和「**限定範圍**」的情況。

就像上面這兩個句子，句子 A 的意思是「我**還有其他**的朋友，不過我把**範圍限定**在牛津畢業的那兩個」，而句子 B 的意思則是「我**只有**兩個朋友，而他們是牛津畢業的」，像句子 A 這種**限定了範圍**的用法，就稱為**限定用法**，句子 B 這種加了逗點、單純對前面先行詞**補充說明**的用法，則稱為**非限定用法**或是**補充用法**。

注意！ 因為限定用法的意思是把原來範圍很大的先行詞，限定在一個小範圍裡，所以使用的就是沒有特定對象的先行詞，而非限定用法或說是補充用法，則是單純補充說明前方特定先行詞的資訊，所以使用的會是本身用來表示確定對象的先行詞。

• J.K. Rowling, **who** wrote the Harry Potter series, is coming to Taiwan.
  J.K. 羅琳，那個寫了哈利波特系列的人，即將要來台灣了。

▲ 世界上只有一位 J.K. 羅琳，不會再有第二位了，所以是一個確定的對象，因此不需要限定範圍，只需要補充說明，因此會在關係代名詞之前加上逗號，**使用非限定用法**。

• The boy **who** won the championship is handsome.
  贏得冠軍的那個男孩很帥。

▲ 世界上的男孩**很多**，所以不知道指的是哪個，因此在關係代名詞之前不加逗號，**使用限定用法**，把範圍限定在「贏得冠軍的那個」。

★ 再來多看幾個例子吧！

• The woman **whom** you mentioned is a lawyer.
  你提到的那個女人是個律師。【限定用法】

▲ 不特定對象的「在許多女人之中」，你提到的那一個是律師。

• The woman, **whom** you mentioned, is a lawyer.
  那個女人，你之前提到過的，是個律師。【非限定用法】

▲ 特定對象是「你之前提到過的那一個女人」，在語感上已經預想對方應該知道自己指的是誰，並且補充說明這個特定的女人是個律師。

注意! 在非限定用法中所使用的關係代名詞，即使它是受格關係代名詞，也不能省略，也不能用 that 來代替。

（O）Ted, whom you lives with, made this cake.
泰德，跟你一起住的那位，做了這個蛋糕。

（X）Ted, that you lives with, made this cake.【不能用 that】

（X）Ted, you lives with, made this cake.【不能省略關係代名詞】

- I tried to find my bag back, **which** took me a whole afternoon.
我試圖把我的包包找回來，（這件事）花了我一整個下午。

注意! 使用非限定用法的時候，which 可以把逗號前面的一整個句子（I tried to find my bag back）變成先行詞。

「介系詞＋關係代名詞」的用法

若在關係代名詞子句中出現的動詞是**不及物動詞**，那麼因為不及物動詞不能直接接受詞（這裡的受詞就是受格關係代名詞），所以**要在受格關係代名詞 which 或 whom 的前面加上介系詞**，但在日常對話中比較常將介系詞放在句尾，「介系詞＋which/whom」的句子通常只會出現在文章裡。

句子結構長這樣！•---

先行詞＋介系詞＋ which/whom ＋主詞＋不及物動詞
＝先行詞＋ which/whom ＋主詞＋不及物動詞＋介系詞

有的時候在想要寫「介系詞＋ which/whom」的句子時會覺得有點不順，這個時候可以先寫出將介系詞放在句尾的句子，再直接把句末的介系詞搬到 which/whom 之前就可以了。

★ 下面我們一起來改改看句子！

- Is that the girl? You have been waiting for the girl.
是那個女孩嗎？你一直在等那個女孩。

`Step1` **確定先行詞**

因為要用關係代名詞把前後兩句連接成一個完整的疑問句,所以要先看看前後兩句的內容,確定需要補充說明資訊的是先行詞 the girl。

`Step2` **確定要用哪個關係代名詞**

因為先行詞 the girl 是人,且要替代的 the girl 在 You have been waiting for the girl. 裡扮演的是受詞角色,因此要選擇使用受格關係代名詞 whom。

`Step3` **把介系詞留下來,擺在關係代名詞之前或句尾**

在關係代名詞子句裡的是不及物動詞 wait,因此介系詞 for 要留下來,並擺在關係代名詞之前或句尾的位置,這樣才可以接取代原本受詞 the girl 的 whom。

- Is that the girl whom you have been waiting for?
  = Is that the girl for whom you have been waiting?
  那是你一直在等待的女孩嗎?

如果先行詞是「人以外的事物」,則必須使用 which,特別要注意的是,在「介系詞＋關係代名詞」這種用法裡,**不能用** that 來替代 whom/which。

★ **再來多看幾個例子吧!**

- Casey is the girl **for whom** Ted has been waiting.
  = Casey is the girl **whom** Ted has been waiting **for**.
  凱西是泰德一直在等的女孩

- This is the house **in which** I live.
  = This is the house **which** I live **in**.
  這是我住的房子。

- That's the man **with whom** Emily talked.
  = That's the man **whom** Emily talked **with**.
  那是和艾蜜莉說話的男人。

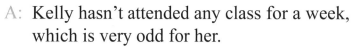
A: Kelly hasn't attended any class for a week, which is very odd for her.
　凱莉已經一個星期沒有去上課了，這對她來說非常奇怪。

B: I heard that her boyfriend, whom she lived with, broke up with her a week ago.
　我聽說她的同居男友，一個禮拜前和她分手了。

A: That must be the reason why she didn't show up.
　這一定是她沒來的原因。

B: Yeah, I think it's too much for her.
　是啊，我覺得這對她來說太難以承受了。

A: Maybe she should move out and find a place which is fit for her to recover.
　也許她應該搬出來，然後找個適合她復原的地方。

自己做

1. The man ＿＿＿＿＿ ＿＿＿＿＿ she is crying is Joseph.
　那個讓她正在哭泣的男人是喬瑟夫。

2. The key, ＿＿＿＿＿ Sherry opened the door with, was from Max.
　那把雪莉用來開門的鑰匙是從麥克斯那裡來的。

3. I was finding my cell phone, ＿＿＿＿＿ took me 3 hours.
　我之前在找我的手機，（這件事）花了我三個小時。

4. The boy, ＿＿＿＿＿ I talked ＿＿＿＿＿, is my boss' child.
　那個我和他說話的男孩，是我老闆的小孩。

解答：1. for whom 2. which 3. which 4. whom, with

Part

13

關係副詞

關係副詞的概念與種類

暖場生活對話

A: I went to the restaurant where you have been before.
我去了你之前去過的那間餐廳。

B: What do you think? Isn't the steak great?
你覺得怎麼樣？牛排是不是很棒？

A: Everything was perfect, until the time when I couldn't find my wallet.
直到我找不到皮夾之前，一切都很完美。

B: What happened to your wallet? Did you lose it?
你的皮夾怎麼了？你弄丟了嗎？

A: I took a nap on the bus, maybe that's the reason why I left it on the bus.
我在公車上小睡了一下，也許這就是我把它忘在公車上的原因。

文法重點

　　關係副詞和關係代名詞同樣，都可以把一個句子，和提供附加資訊的句子連接起來，但關係代名詞扮演的是代名詞的角色，而**關係副詞則是扮演副詞的角色**，所以關係副詞可以看成是「**連接詞＋副詞**」的作用。

> ### 關係副詞 ＝ 連接詞＋副詞

　　關係副詞所構成的**關係副詞子句被當作形容詞**來使用，用來修飾或說明前面出現的名詞（也就是先行詞），且和關係代名詞一樣，依照前面先行詞的不同，會使用不同的關係副詞，而關係副詞前面的**先行詞可以省略**，**當先行詞消失時，關係副詞子句就會變成名詞子句或副詞子句**。

先行詞	地點	時間	the reason （理由）	不需要先行詞
關係副詞	where	when	why	how

注意！ 因為關係副詞扮演的是副詞的角色，所以就和副詞一樣，它不是句子結構上的必要組成成分，所以雖然可能會讓句意變得比較不清楚，但省略掉其實也沒有關係，要注意的是，一般來說不會省略 where，而 when 與 why 則常常被省略。

😊 先行詞是「時間」

當先行詞是「**時間**」的時候，要使用的關係副詞是 **when**，when 的意思就是「～的時間」，所以有的時候看起來好像沒有表示時間的先行詞，但其實是把 when 前面的先行詞 the time（那個時間點）或是 the day/the date（那一天）省略掉了，但要注意當 when 前面的先行詞是 the time/the day/the date 的時候，**只能選擇要把 the time/the day/the date 或 when 的其中之一省略**，而不能兩個都省略。

- Do you know the time **when** Ted will come?
  你知道泰德什麼時候會來嗎？

➡ Do you know the time Ted will come?【省略 when】

➡ Do you know when Ted will come?【省略 the time】

➡ Do you know Ted will come?（✕）【不可一併省略先行詞和關係副詞】

- I never forget the day **when** I first met my wife.
  我從未忘記我第一次遇到我老婆的那一天。

➡ I never forget the day I first met my wife.【省略 when】

➡ I never forget when I first met my wife.【省略 the day】

➡ I never forget the day **on which** I first met my wife.

注意！ 關係副詞 when、where、why 可以用來取代「介系詞（in/at/on/for）＋關係代名詞 which」。

- Alice wants to know the time **at which** Nick will return her book.

➡ Alice wants to know the time **when** Nick will return her book.
  艾莉絲想要知道尼克要還她書的時間。

先行詞是「地點」

當先行詞是「**地點**」的時候，使用的關係副詞是 **where**，代表的意思是「～的地方」，特別要注意的是 where 和 when 一樣，都可以用來取代「at/on/in + which」，在使用時要特別注意，另外，和其他的關係副詞不同，**一般來說句子裡出現關係副詞 where 的時候，不會把 where 省略掉。**

- Do you know the place **where** Ted bought the cake?
  你知道泰德買這個蛋糕的地方嗎？

➡ Do you know the place **at which** Ted bought the cake?

- This is the coffee house **where** he usually eats lunch.
  他通常在這家咖啡店吃午餐（這是他通常吃午餐的咖啡店）。

➡ This is the coffee house **at which** he usually eats lunch.

先行詞是「the reason（理由）」

先行詞是「the reason（**理由**）」時，會使用關係副詞 **why**，用來表達「～的理由／原因」，在實際使用的時候常常會把 the reason 或是 why 的其中之一省略掉，但是不能同時省略 the reason 和 why。

- Do you know the reason **why** Ted got mad?
  你知道泰德為什麼生氣嗎？

➡ Do you know the reason Ted got mad?【省略 why】

➡ Do you know why Ted got mad?【省略 the reason】

- That's the reason **why** they don't want to buy a new car.
  那就是他們不想要買新車的原因。

➡ That's the reason they don't want to buy a new car.【省略 why】

➡ That's why they don't want to buy a new car.【省略 the reason】

注意! 「that's why ～（那就是為什麼～）」是一個很常用的慣用句型，可以直接記下來，下次想要表達原因時就可以直接拿來用。

- Amy is mad at Tony, and **that's why** she doesn't want to talk to him.
  艾咪對東尼生氣，而那就是為什麼她不想和他說話。

- **That's why** I want to go shopping.
  那就是為什麼我想去購物。

💬 不需要先行詞的 how

關係副詞 **how** 和其他的關係副詞很不一樣，因為它的前面**不需要出現先行詞**，就可以用來表達「～的方式／方法」的意思。有的時候可以用 **the way**（那個方法／方式）來取代 how，但**不能同時使用** the way 和 how，這點要特別注意喔！

- That's **how** they solve the problem.
  那就是他們解決那個問題的方法。

➡ That's **the way** they solve the problem.

➡ That's **the way how** they solve the problem.（✕）

【不能同時使用 the way 和 how】

- I'm wondering **how** they achieve the success.
  我在納悶他們是如何成功的。

➡ I'm wondering **the way** they achieve the success.

➡ I'm wondering **the way how** they achieve the success.（✕）

【不能同時使用 the way 和 how】

A: I'm wondering when Jason will be here.

我在想傑森什麼時候會到。

B: Well, he told me that he won't come, but I don't know the reason why he won't be here.

這個嘛，他告訴我說他不會來，但我不知道他不來的原因。

A: Hmm... finals are coming. I think I know the place where we can find him.

嗯……期末要到了，我想我知道可以在哪裡找到他了。

B: Oh, right, he did poorly on mid-terms. I believe he's in the library, where he is busy studying.

噢對，他的期中考很糟，我想他正在圖書館裡忙著念書。

A: As he is always sleeping in class, I don't know how he can get good grades.

因為他總是在上課的時候睡覺，我不知道他如何能夠拿到好成績。

自己做

1. Do you know the time _____ he will arrive?

   你知道他什麼時候會到嗎？

2. Do you know the restaurant _____ Ted proposed to his girlfriend?

   你知道泰德之前在那向他女友求婚的餐廳嗎？

3. Do you know _____ _____ _____ she is late all the time?

   你知道她為什麼老是遲到嗎？

4. That's _____ I get this job.

   那就是我得到這份工作的方法。

解答：1. when 2. where 3. the reason why 4. how

關係代名詞 VS. 關係副詞

暖場生活對話 🎧 MP3 85

A: Do you know a place which I can see a movie in?
　你知道我能去哪裡看電影嗎？

B: There is a theater in the mall, where you can see the latest movie.
　那家賣場裡有家電影院，在那裡你能看到最新的電影。

A: Great! My girlfriend, who is an enthusiastic moviegoer, will come to visit me next week. I can go there with her.
　太好了！我那非常愛看電影的女朋友下週要來找我。
　我可以和她一起去。

B: You can also take her to the night market when she comes here.
　等她來這裡的時候，你也可以帶她去夜市。

A: Right, I think she will enjoy the food which is sold there!
　對，我想她會很喜歡那裡賣的食物！

文法重點

　　關係代名詞（who, whom, which, whose, that）和關係副詞（when , where, why, how）看起來十分相似，而且它們的作用都是引導用來補充說明先行詞資訊的關係子句，但其實它們不管是在性質或是使用方法上都相當不一樣，下面我們就一起來看看有哪些差別吧！

❶ 詞性不同

因為**關係代名詞**具有「**連接詞＋代名詞**」的作用，所以它們有著代名詞的特性，因此在它們所構成的關係子句裡面會**扮演名詞的角色**，就和名詞一樣可以**當作整個子句的主詞或是受詞**。

- I have a friend **who** is a lawyer.
  我有個當律師的朋友。

▲ 關係代名詞子句 who is a lawyer 裡面的 who 當作子句的主詞。

而**關係副詞**的作用是「**連接詞＋副詞**」，而它的副詞特性，讓關係副詞**不能被拿來當作子句裡的主詞或是受詞**，只能像副詞一樣修飾句子裡的動詞和形容詞。

- I went to a restaurant **where** Emily had worked.
  我去了一家艾蜜莉曾在那裡工作的餐廳。

▲ 關係副詞子句 where Emily had worked 裡面的 where 是用來修飾子句裡 worked 的副詞。

❷ 引導的子句種類不同

就像第 1 點說的那樣，關係代名詞可以當作句子的主詞或受詞，而關係副詞卻不行。這個差別連帶也影響到了它們後面能接的子句種類。

關係代名詞本身就扮演著主詞或受詞的角色，因此後面接的會是**不完整子句**，而「不完整子句」就是指**缺乏必要主詞或受詞**的子句。

關係代名詞＋不完整子句
本身可當　　　缺乏必要主詞或受詞的子句
主詞或受詞

- I'll meet Helen in a restaurant **which** is very famous.
  我會和海倫在一家非常有名的餐廳見面。

▲ 在關係代名詞 which 之後的子句 is very famous 缺了主詞，因此必須用能夠當作主詞的 which 來連接，才能讓句子完整。

關係副詞不能當主詞或受詞，而且就像副詞一樣，不是句子的必要構成元素，甚至可以被省略，因此在關係副詞後面出現的會是句子結構完整的**完整子句**。

- I'll meet Helen in a restaurant **where** <u>I worked</u>.

  我會和海倫在一家我之前工作的餐廳見面。

▲ 在關係副詞 where 之後的子句 I worked 有主詞和動詞，且因為是不及物動詞而不需要受詞，因此是完整的句子，這時就不能再用關係代名詞，而必須用不會影響句子構成的關係副詞。

❸ 非限定用法上的差別

關係副詞和關係代名詞都有限定和非限定用法，但**在關係副詞中只有 where 和 when 有非限定用法**，why 和 how 則沒有。

關係副詞的非限定用法也是在關係副詞的前面加上逗號，用來補充說明先行詞或是逗號之前部分的內容，而這裡的先行詞或逗號之前的內容，都是不用限定範圍的對象。另外，若使用關係副詞的非限定用法來連接前後兩句，這兩個子句之間有的時候就會帶有「後來～」這種先後順序的意味。

- I have a big living room, **where** my cat lives.

  我有一個大客廳，我的貓住在裡面。

▲ 說話者只擁有一個大客廳，所以不用限定是哪一個客廳，並補充說明這個客廳是貓住的地方。

- I went out in the afternoon, **when** my mother was baking cookies.

  我下午的時候出去了，我媽媽在那個時候烤了餅乾。

▲ 說話者補充說明了與出門的那段時間相關的資訊，表達在自己下午出門之後的那段時間內，媽媽烤了餅乾。

A: Do you know Melissa had quit?

你知道梅麗莎已經辭職了嗎？

B: No, but I found that she didn't attend the sales meeting last week, when I was guessing she had quit.

不知道，但我發現她沒參加上星期的銷售會議，那個時候我就在猜她已經辭職了。

A: Do you know the reason why she wanted to quit?

你知道她為什麼想辭職嗎？

B: I guess it's because she was yelled at by her supervisor in front of everyone.

我猜是因為她的主管在所有人面前吼她。

A: Oh, that's a fair reason.

噢，這個原因很合埋。

自己做

1. My colleague will take a day off tomorrow, _____ the team meeting will be held.

我的同事明天會請假，那個時候會召開小組會議。

2. I went to an amusement park _____ is very popular.

我去了一間很受歡迎的遊樂園。

3. This is the area _____ you can park your car.

這是你可以停車的地方。

4. Kelly has a pretty house, _____ she is going to sell next year.

凱莉有一間她打算明年要賣掉的漂亮房子。

解答：1. when 2. which 3. where 4. which

複合關係詞

1. 複合關係代名詞
2. 複合關係副詞
3. no matter ＋關係代名詞／關係副詞

Chapter 1 複合關係代名詞

暖場生活對話 🎧 MP3 87

A: **Whatever** happened to Melissa makes her very sad.
不論在梅麗莎身上發生了什麼事，都讓她非常難過。

B: Well, she's sad because she can't buy **whichever** bag she wants.
這個嘛，她難過是因為無論她想要的是哪個包包，她都不能買。

A: Why? Are those bags that expensive?
為什麼？那些包包那麼貴嗎？

B: No, she told me she has shopping addiction, and she is trying to stop herself from buying.
不是，她跟我說她有購物成癮症，所以她正試著阻止自己買東西。

A: Hmm... if this gives her so much pain, maybe she should seek help from a professional.
嗯……如果這件事讓她這麼痛苦，也許她應該尋求專業人士的幫助。

文法重點

　　如果在關係代名詞 who、whom、which 和 what 的**尾巴加上 -ever 字尾**，就會變成**複合關係代名詞**，這種複合關係代名詞所代表的就是「**先行詞＋關係代名詞**」，所以在它們的前面**不需要再出現先行詞**，因為先行詞本身已經被包含在複合關係代名詞裡面，不需要再重複一次。

> 複合關係代名詞 ＝ 先行詞＋關係代名詞
> → 複合關係代名詞之前不需要出現先行詞，後接不完整子句

另外，複合關係代名詞本身具有代名詞的特性，因此**可以當作主詞或受詞**，所以複合關係代名詞**後面接的是不完整子句**，並可**構成名詞子句**，讓這整個名詞子句**變成主要子句的主詞或是受詞**。

複合關係代名詞有 whoever、whomever、whichever、whatever，都帶有「**無論是～**」、「**沒有指定的任何～**」的意思，接下來我們一起看看要怎麼用吧！

❶ whoever 任何人、無論是誰

whoever 可以解釋成 anyone who 的意思，先行詞是 anyone（任何人），而 who 是主格關係代名詞。

- The diamond will be sold to **whoever** (= anyone who) offers the most money.
  這個鑽石會被賣給出價最高的人。

- I will give the cake to **whoever** (= anyone who) comes to the party first.
  我會把蛋糕給最早來派對的人。

❷ whomever 任何人、無論是誰

whomever 的意思就是 anyone whom，它的先行詞是 anyone（任何人），whom 則是受格關係代名詞，就像我們在前面提過的，常常會用 who 來代替 whom，在這裡也是一樣，**一般在日常對話裡，其實不那麼常使用 whomever，更常用 whoever**。

- April will invite **whomever** (= anyone whom) she likes to the party.
  艾波將會邀請任何她喜歡的人來這個派對。

- The president assigned the task to **whomever** (= anyone whom) he was thinking of.
  總統把任務分派給當時他想到的任何人。

❸ whichever 任何一個、無論哪一個

在表達「選擇」的時候，常常會用到 whichever，whichever 可以說是 anything that 的意思，其中 anything（任何事物）是先行詞，that 是關係代名詞。

- You are allowed to take **whichever** (= anything that) you like.
  你可以拿任何一個你喜歡的。

- My father told me that I can buy **whichever** (= anything that) I like.
  我父親跟我說我可以買任何一個我喜歡的。

❹ whatever 無論是什麼東西

whatever 就等於是 anything that 的意思，anything（任何事物）當作先行詞，後接關係代名詞 that，特別要注意的是 what 就算沒有加上 -ever 字尾，原先就也是有包含先行詞含意的複合關係代名詞，**所以在 what 前面也不需要出現先行詞。**

- Amy likes **whatever** (= anything that) is in this place.
  在這裡的無論什麼東西，艾咪都喜歡。

- I will give you **whatever** (= anything that) you need.
  無論你需要什麼東西，我都會給你。

 **MP3 88**

A: Ted wants to lose weight, and he's doing whatever he can do.
泰德想要減重，所以他正在做他能做的任何事。

B: Yeah, he said he needs every help to lose weight quickly.
是啊，他說他要想盡辦法來快速減重。

A: I've heard that he's going to pay whoever comes up with the most efficient way to lose weight. Is that real?
我聽說他會付錢給想出最有效率瘦身方法的人，是真的嗎？

B: I think he's just joking, but there are indeed some people offering him diet recipes to follow through.
我覺得他只是在開玩笑，但真的有人給他減重菜單讓他照著做。

A: Well, he can choose whichever he wants, but I doubt it will work.
嗯，他可以選擇他想要的，但我很懷疑這會成功。

 自己做

1. I'd like to give a hug to _____ loves me.
我想要給任何愛我的人一個擁抱。

2. Just pick _____ you like.
就挑你喜歡的那個。

3. My mom said I can do _____ I want.
我母親說過我可以做任何我想做的事。

4. Mike needs _____ is fluent in French.
麥克需要法文很流利的人。

解答：1. whoever 2. whichever 3. whatever 4. whoever

225

複合關係副詞

A: Melissa hates Ted very much. She leaves wherever he shows up.

梅麗莎非常討厭泰德。無論他出現在哪裡,她都會離開那裡。

B: Why does she hate him so much? I don't even think they know each other.

為什麼她這麼討厭他?我甚至不認為他們認識對方。

A: Ted is also confused. Melissa just avoids him, however hard he tries to be friendly.

泰德也很困惑。無論他多努力表示友善,梅麗莎就是避開他。

B: Sometimes people hate someone without reason.

有的時候人就是會沒有理由的討厭另一個人。

A: I told Ted that, too. But it still hurts him whenever Melissa gives him the cold shoulder.

我也這樣跟泰德說。不過每當梅莉莎不理他的時候,他還是覺得很受傷。

文 法 重 點

　　除了複合關係代名詞之外,複合關係詞裡面也有從關係副詞變化而來的複合關係副詞,和複合關係代名詞相同,複合關係副詞也是**在尾巴加上 -ever 的字尾**,常用的**複合關係副詞**有 whenever、wherever 和 however。

> 複合關係副詞 = 先行詞＋關係副詞
> → 在複合關係副詞之前不需要出現先行詞,後接完整子句

複合關係副詞和複合關係代名詞一樣，前面都**不需要加上先行詞**，但是因為複合關係副詞的副詞特性，後面接上的是必須是**完整子句**，且能構成副詞子句，為主要子句提供更多資訊，在使用的時候要特別注意喔！

① whenever ～的時候；無論什麼時候

whenever 可以想成是 any time when 的意思，先行詞是 any time（任何時間），而關係副詞是 when，但在使用 any time when 的時候，要記得搭配介系詞 at 一併使用，這樣才能表達出「在～任何時間點」的意思。

- You can call me **whenever** (= at any time when) you're convenient.
  （無論什麼時候）當你方便時，你可以打給我。

- My face turns red **whenever** (= at any time when) I see Jason.
  無論什麼時候我看見傑森，我都會臉紅。

② wherever ～的地方；無論什麼地方

wherever 就是 any place where 的意思，這裡的先行詞是 any place（任何地方），where 是關係副詞，而在使用 any place where 的時候，必須配合前面出現的動詞，選用恰當的介系詞，這點要特別注意喔！

- My dad says he will go with my mom **wherever** (= to any place where) my mom is there.
  我爸說他會和媽媽一起去任何她在的地方。

- I'll go **wherever** (= any place where) you go.
  無論你去什麼地方，我都會去。

③ however 無論如何；不管怎樣

however 是從不需要先行詞的關係副詞 how 再加上字尾 -ever 而來的，因此不管是不是複合關係詞，前面都不會有先行詞，而 however 可以用來表達「程度」、「方法」等的高低多寡。

- Ted didn't pass the exam **however** he studied.
  無論泰德如何念書，他都沒有通過考試。

- I don't like him **however** he's trying to court me.
  無論他如何試圖對我獻殷勤，我都不喜歡他。

⚡ 充電站

　　這兩章提到的複合關係代名詞和複合關係副詞也可以構成**帶有讓步意義的副詞子句**，用來表達「**無論～都～**」的意思。另外要注意的是，在這種情形下出現的**副詞子句如果放在句首，那麼和主要子句之間會加上逗號**。

- Whatever you say, I won't be with you.
  無論你說什麼，我都不會跟你在一起。

- Whichever you choose, I will accept it.
  無論你選了哪個，我都會接受。

- Whoever you hate, I won't bully him with you.
  無論你討厭誰，我都不會和你一起霸凌他。

- Whenever you come, I will open the door for you.
  無論你什麼時候來，我都會為你開門。

- Wherever you want to go, I will go with you.
  無論你想去哪裡，我都會跟你去。

- However difficult life is, I will get through it with you.
  無論生活有多艱難，我都會跟你一起度過。

會話應用 🎧 MP3 90

A: Whenever I see Joseph, I think of that he has helped me a lot.
無論我什麼時候看到喬瑟夫，我都會想起他幫了我很多。

B: Really? I've never heard you talk about him before.
真的嗎？我之前都沒聽妳說過這件事。

A: Do you remember my car was broken months ago? Joseph picked me up every morning however far my house is.
你還記得我的車子幾個月前壞掉嗎？無論我家有多遠，喬瑟夫每天早上都來接我。

B: Oh, that's sweet, I bet he will take you wherever you want to go.
噢，真是貼心，我敢說他會帶妳去任何妳想去的地方。

A: Are you implying anything?
你在暗示什麼嗎？

自己做

1. _____ you do, you must think of your parents.
無論你做什麼，你必須要考慮到你父母。

2. I can't make him smile _____ I try.
無論我如何嘗試，我都無法讓他笑。

3. _____ Jamie visits Los Angeles, Tom will offer her a house for stay.
無論潔咪什麼時候去洛杉磯，湯姆都會提供一間房子給她住。

4. Sam said he will drive Alice to _____ she wants to go.
山姆說他會開車載愛麗絲去她想去的任何地方。

解答：1. Whatever 2. however 3. Whenever 4. wherever

no matter＋關係代名詞／關係副詞

暖場生活對話 MP3 91

A: No matter what Ted does, Melissa is not willing to forgive him again.

無論泰德做什麼，梅麗莎都不願意再次原諒他。

B: You mean she keeps rejecting him no matter how many times he apologizes?

你的意思是她不斷拒絕他，無論他道歉了多少次？

A: Yeah, and Ted still waits up for Melissa no matter how late she works.

對啊，而且無論梅麗莎工作到多晚，泰德還是熬夜等她。

B: I guess she just needs more time. Before that, it doesn't work no matter how hard he tries.

我猜她只是需要更多時間。在那之前，無論他多努力嘗試都是沒用的。

A: Maybe you're right, Melissa seems much calmer whenever she talks about Ted now.

也許你是對的，現在每當梅麗莎談起泰德的時候看起來冷靜多了。

文法重點

No matter what happens, I will go through to the end.

無論發生什麼事情，我都會堅持到底。

在我用英文寫作的時候，我很喜歡在文章裡使用一些像上面這類的勵志用語，而上面這句是我最喜歡的話之一。這句話中出現的「no matter what~」是很常見的用法，相信大家也都常常看到它，把這種表達方式學起來，就能夠讓你的英文表達更流暢喔！

no matter~ 可以看成是「**無論~**」的意思，在它的後面會接跟屁蟲 what/who/when/where/which/how 等關係代名詞或關係副詞，變成「no matter ＋關係代名詞／關係副詞」這種詞組，可以構成用來表達**讓步**意義的副詞子句。而每個組合出來的詞組都**能夠對應到一個意義相同的複合關係代名詞或複合關係副詞**，而且這兩種用法都具備引導副詞子句的連接詞功能。

> **複合關係代名詞或複合關係副詞**
> ＝ no matter ＋關係代名詞／關係副詞

另外，當「no matter ＋關係代名詞／關係副詞」和複合關係代名詞或複合關係副詞所構成的副詞子句，被放在**句首**的時候，副詞子句和主要子句之間要**加上逗點**。它們之間的替代關係很有規則、也很好記，大家一起來看看吧！

❶ no matter what ＝ whatever 無論什麼~

- No matter what (= Whatever) Ted does, Melissa is not willing to talk to him.
  無論泰德做什麼，梅麗莎都不願意跟他說話。
➡ Melissa is not willing to talk to him no matter what (= whatever) Ted does.

- No matter what (= Whatever) Sam has done, he's regretful.
  無論山姆做過什麼，他都真的很後悔。
➡ Sam is regretful no matter what (= whatever) he has done.

❷ no matter who ＝ whoever 無論誰~

- No matter who (= Whoever) comes to the party, I will not attend.
  無論誰去派對，我都不會參加。
➡ I will not attend the party no matter who (= whoever) comes.

- No matter who (= Whoever) gives me this gift, I appreciate it.
  無論是誰給我這個禮物，我都很感謝。
➡ I appreciate it no matter who (= whoever) gives me this gift.

❸ no matter when ＝ whenever 無論何時~

- No matter when (= Whenever) you arrive in Los Angeles, it is always beautiful.
  無論你何時抵達洛杉磯，它總是很漂亮。
➡ It is always beautiful no matter when (= whenever) you arrive in Los Angeles.

- No matter when (= Whenever) you want to come back, I'll be here waiting for you.

  不論你何時想要回來，我都會在這裡等你。

➡ I'll be here waiting for you no matter when (= whenever) you want to come back.

❹ no matter which = whichever 無論哪一個～

- No matter which (= Whichever) car you like, I will buy it for you.

  無論你喜歡哪一台車，我都會買給你。

➡ I will buy no matter which (= whichever) car you like for you.

- No matter which (= Whichever) you choose, I'm totally fine with it.

  無論你選擇哪個，我都完全沒有意見。

➡ I'm totally fine with no matter which (= whichever) you choose.

❺ no matter where = wherever 無論哪裡～

- No matter where (= Wherever) you go, I will be there for you.

  無論你去了哪裡，我都會在那裡陪你。

➡ I will be there for you no matter where (= wherever) you go.

- No matter where (= Wherever) you choose to live, it must be some place near school.

  無論你選擇住哪裡，它都必須是靠近學校的地方。

➡ It must be some place near school no matter where (= wherever) you choose to live.

❻ no matter how = however 無論如何～

- No matter how (= However) difficult life is, we must try to live.

  無論人生如何艱難，我們都必須試著活下去。

➡ We must try to live no matter how (= however) difficult life is.

- No matter how (= However) beautiful she is, you shouldn't give her all your money.

  無論她多麼漂亮，你都不該給她你全部的錢。

➡ You shouldn't give her all your money no matter how (= however) beautiful she is.

A: Wherever you are, I will be there for you.
無論你在哪，我都會陪著你。

B: No matter how hard we try, there must be lots of difficulties in our long distance relationship.
無論我們如何努力，我們的遠距離戀愛必定會碰到很多困難。

A: Can't you be just a little more positive?
你就不能更正面一點嗎？

B: I think you will feel happier no matter who you'll be with in the future.
我覺得無論你將來跟誰在一起，你都會更快樂。

A: Whatever you say, I still want to try.
無論你說什麼，我還是想要試試看。

自己做

1. No matter _____ happens, I will go through to the end.
無論發生了什麼，我都會堅持到底。

2. No matter _____ visits me, I won't answer the door.
無論誰來找我，我都不會開門。

3. No matter _____ rich you are, you shouldn't waste money.
無論你如何有錢，你都不該浪費錢。

4. No matter _____ you go, you should take your cell phone with you.
無論你去哪裡，你都該帶著手機。

解答：1. what 2. who 3. how 4. where

在看過前面的時態和文法概念之後，現在大家已經知道要怎麼寫出正確的句子了，但只是正確可不夠，能夠寫出內容豐富、結構又漂亮的句子才是我們的最終目標！

接下來我們就來看一些常在英文裡使用的表達句型，只要學會這些表達方法，就可以讓你的英文用起來更靈活喔！

常用的
英文表達句型

虛主詞／虛受詞的句型

暖場生活對話 🎧 MP3 93

A: It is good for health to go swimming regularly.
規律地去游泳是對健康很好。

B: Yeah, and I think it's helpful to go jogging every day, too.
是啊，而且我覺得每天去慢跑也有幫助。

A: Hmm... but it is painful for me to sweat a lot.
嗯……但流很多汗對我來說很痛苦。

B: Well, doctors say that doing different types of exercise can make your body stronger.
這個嘛，醫生說做不同種類的運動可以讓你的身體更強壯。

A: I guess it always takes pains to keep a healthy life.
我猜保持健康的生活總是很辛苦。

文法重點

前面在解說不定詞、動名詞或名詞子句連接詞時，有提到 that 名詞子句、不定詞片語或動名詞片語都可以拿來當作句子的主詞或受詞。但有的時候這樣做會讓主詞或受詞變得太長，這樣一來，句子就失去了平衡，變得頭重腳輕或是身軀龐大。

主詞很長，顯得句子的頭很重
To lose weight without doing damage to your body is important.
用不傷身的方法減重是很重要的。

受詞很長，句子的軀幹變得很重
I think to lose weight without doing damage to your body important.
我認為用不傷身的方法減重是很重要的。

像上面這兩個句子，to lose weight without doing damage to your body 不管當主詞還是受詞都很長，而句子裡的動詞、形容詞或補語卻短短的，讓整個句子的平衡變得很奇怪，當這種情形發生的時候，我們就可以使用**虛主詞**或**虛受詞**的表達技巧，讓句子能夠恢復平衡，我們一起來看看要怎麼改句子吧！

🗨 虛主詞

當用來做為主詞的 that 子句或不定詞、動名詞片語太長的時候，就可以**把 it 當成主詞**替代原本的 that 子句或不定詞、動名詞片語，在這裡出現的 it 本身沒有意思，只是用來代替 that 子句等原本的主詞，並成為句子裡的**虛主詞**而已，而真正的主詞仍然是原本的 that 子句或不定詞、動名詞片語。

句子結構長這樣！ ▪--

①

> It ＋ Be 動詞 ＋ adj./n. ＋（for 人事物）＋ to 原形動詞／that 子句

虛主詞　　　　　　　真主詞
It is not easy for me to get up early.
早起對我來說不容易。

▲ 原句是 To get up early is not easy for me.

虛主詞　　　　　　　　真主詞
It is important for Alice that Jason didn't tell a lie.
對艾莉絲來說傑森沒有說謊很重要。

▲ 原句是 That Jason didn't tell a lie is important for Alice.

②

> It ＋ Be 動詞 ＋ adj. ＋ of ＋ 人 ＋ to 原形動詞／that 子句

虛主詞　　　　　　真主詞
It is nice of you to help me with the house chores.
你人真好幫我做家事。

▲ 原句是 To help me with the house chores is nice of you.

虛主詞　　　　　　　　　　真主詞
It is very mean of Alissa that she said Alan was a pig.
愛麗莎說艾倫是隻豬真是太惡毒了。

▲ 原句是 That Alissa said Alan was a pig is very mean of her.

③

> It＋Be動詞＋表達主觀意見的形容詞＋that＋主詞＋（should）＋原形動詞

在這個句型中用到的形容詞都是用來表達自己**主觀意見**的形容詞，例如 **important**（重要的）、**necessary**（必要的）、**essential**（必要的）、**vital**（極為重要的）、**imperative**（絕對必要的）、**crucial**（重要的）、**proper**（恰當的）、**advisable**（合情合理的）、**fitting**（適當的）、**urgent**（迫切的）、**resolved**（決定的）、**confusing**（令人困惑的）……等都是非常常用到的形容詞。

虛主詞　　　　　　真主詞
It is important that he (should) let his parents know he's quitting school.
他應該要讓他父母知道他打算輟學的這件事是很重要的。

▲ 原句是 That he（should）let his parents know he's quitting school is important.

虛主詞　　　真主詞
It is vital that she (should) be with her dad.
她陪伴她父親的這件事是非常重要的。

▲ 原句是 That she（should）be with her dad is vital.

虛受詞

除了我們前面學過的一般受詞之外，如果因為句子裡的受詞太長，而使用 it 來取代原本當作受詞的 that 子句或不定詞片語及動名詞片語的時候，那麼**這裡的 it 就叫做虛受詞**。

這種用法常常會出現在前面提過的 SVOC **句型**的句子裡，因為這種句型中的受詞，一旦變得太長，就會讓後面的受詞補語變得突兀且不好理解，所以這時候就會使

用虛受詞 it 來代替原本長長的受詞，讓受詞補語更容易理解，整體句意也會更加清楚。

可以使用這種句型的動詞也通常是**可以用在 SVOC 句型裡的不完全及物動詞**，例如 **call**（稱呼）、**think**（認為）、**make**（使～）、**find**（覺得）、**consider**（認為）、**believe**（相信）、**prove**（證明）……等，這裡的 it 和上面用來當作虛主詞的 it 一樣都沒有真正的意思，只是用來代替真受詞，放在受詞的位置。

句子結構長這樣！ ■--

主詞＋ think/find/consider/believe/... ＋ it ＋名詞／形容詞＋ to 原形動詞

　　　　　　虛受詞　　　　　　　真受詞
I find <u>it</u> interesting <u>to go swimming</u>.
我覺得去游泳很有趣。

▲ 原句是 I find to go swimming interesting.

　　　　　　虛受詞　　　　　　　真受詞
I consider <u>it</u> fun <u>to go shopping with my parents</u>.
我認為和爸媽去購物很好玩。

▲ 原句是 I consider to go shopping with my parents fun.

A: I find playing video games interesting.
我覺得打電動很有趣。

B: But it is not good for you to play video games too often.
但是太常打電動對你來說不好。

A: Why? I think it's interesting to clear the missions.
為什麼？我覺得解任務很有趣。

B: Because playing too much may damage your eyes and make you tired.
因為玩過頭會傷害你的眼睛，而且會讓你很累。

A: That's true. What do you suggest me to do then?
這倒是真的，那你建議我做什麼呢？

B: I think it's better to do some exercise, for example, playing basketball.
我覺得做點運動比較好，例如打籃球。

自己做

1. I think _____ good to go jogging for your health.
我認為慢跑對你的健康很好。

2. It is bad for your kids _____ stay up late every day.
每天熬夜對你的孩子們不好。

3. I don't think it a good idea _____ drink that much on workdays.
我不認為在上班日時喝那麼多是個好主意。

4. _____ was really confusing _____ Julia turned down the promotion offer.
茱莉亞拒絕了升遷的提議的這件事令人非常困惑。

解答：1. it 2. to 3. to 4. It, that

用來「強調」的表達

Chapter 2

暖 場 生 活 對 話 🎧 MP3 95

A: Life is never interesting without news!
生活裡如果沒有新消息就沒樂趣了！

B: That's true, and I do know something surprising.
這倒是真的，而且我真的知道些讓人驚訝的事。

A: What's that? Will it be more surprising than Jenny getting married again?
是什麼？會比珍妮又結婚的事情更令人驚訝嗎？

B: Well, that's old news. It is her pregnancy that truly surprises me.
嗯，那是舊聞了。真的讓我驚訝的是她懷孕了。

A: Then you might be more surprised that it is the CEO that is her current husband.
那麼你可能會對於執行長就是她的現任丈夫的這件事更感到驚訝。

文 法 重 點

　　在中文裡有些常用的說法，可以用來強調自己要表達的內容，例如「我**真的**相信這世界有外星人」、「**沒有人不知道**他」裡的「真的」和雙重否定的「沒有人不知道」就是用來強調的表達。

　　在英文裡也有類似的用來強調的表達方法，下面我們就來介紹幾種強調的方法，只要活用這些強調表達，就能讓語氣變得更強烈，或者是讓需要被凸顯的內容變得更加顯眼，如果能讓聽你說話的對象更清楚你想要表達的重點在哪裡，或是你想表現出來的強烈程度，對方就更能做出恰當的回應，溝通也會更加順暢喔！

🐾 用副詞加強語氣

　　要表達強調時，最常用到的就是副詞，像 very 這種**用來強調形容詞或副詞的字就叫做加強語**。加強語能夠強化後面加上的形容詞或副詞的程度，只要活用加強語就能讓你的表達更加生動喔！

❶ 強調「相當、很、非常」

highly（高度地）、**quite**（相當地）、**pretty**（非常地）

rather（相當地）、**very**（非常地）、**really**（真正地）、**truly**（真正地）

extremely（極度地）、**awfully**（非常地）、**terribly**（非常地）

indeed（真正地）、**deeply**（強烈地；深刻地）、**fairly**（相當地）

remarkably（引人注目地；令人印象深刻地）、**desperately**（極度地）

❷ 強調「驚訝」

amazingly（令人驚奇地）、**surprisingly**（出乎意料地）

stunningly（令人驚豔地）、**shockingly**（令人震驚地）

astonishingly（令人大為驚奇地）、**marvelously**（不可思議地）

❸ 強調「完全、絕對」

absolutely（絕對地）、**totally**（完全地）、**completely**（完全地）

utterly（完全地）、**fully**（完全地）、**strongly**（強烈地）

entirely（完全地）、**perfectly**（完全地；絕對地）

🐾 用助動詞 do/does/did 表達強調

　　在動詞前面加個助動詞 do 就可以用來強調後面接著的動詞，在這裡這個助動詞 do 是「**真的~**」或是「**的確是~**」的意思，讓動詞的意義被加強成「**真的／的確做了~**」的意思。特別要注意的是，因為在助動詞之後的動詞都必須是原形動詞，因此在 do 之後接的動詞都會變成什麼變化都沒有的原形，另外，為了配合不同的主詞或時態，這裡的 do 會視情況變成 **does** 或 **did**。

* Some people do believe men have more advantages than women at work.
  有些人真的相信男人在工作上比女人擁有更多的優勢。

- Jason does go jogging every weekend.
  傑森真的每個週末都去慢跑。

- Ted did drink a lot before the age of 40.
  泰德在四十歲之前真的喝很多酒。

🗨 用雙重否定加強語氣

如果在一個句子裡用到兩個表達否定意味的詞彙，例如 **never**（絕不）、**but**（而不～、而非～）、**no one**（沒有人）、**nobody**（沒有人）、**nothing**（無事物）、**without**（沒有～）……等都是常用的字，這種用法就叫做**雙重否定**。

在使用雙重否定之後，句子反而會變成肯定的意思，而且肯定意味還會比單純的肯定句更加強烈。這種用法就像是數學中的「負負得正」，大家在用的時候只要掌握這個概念就可以了。

- Melissa is never the least beautiful girl in class.
  梅麗莎在班上**從來都不是最**不漂亮的女孩。

➡ 梅麗莎在班上**從來都稱得上是**漂亮的。

- Smoking is never without drawbacks.
  抽菸**從來就不會沒有**壞處。

➡ 抽菸**從來都有**壞處。

- Nobody can access the laboratory without the key card.
  沒有人可以**沒有**門禁卡就進入實驗室。

➡ **所有人都要有**門禁卡才能進入實驗室。

在使用雙重否定的時候，如果用 not 當作雙重否定裡的否定詞，那就必須特別注意，因為 not 如果與帶有否定字首（如 in-/im- 或 un-/um-）的形容詞或副詞連用的時候，例如 not uncommon（不是不普遍的）、not unusual（不是不尋常的）、not unimportant（不是不重要的）……等，這時**語氣反而會比直接使用肯定形容詞或副詞來得更弱**。

- It is not unusual for Jason to stay up late.
  對傑森來說熬夜熬到很晚**不是不尋常的**。【比用 **usual** 的語氣更弱】

➡ 對傑森來說熬夜熬到很晚**是尋常的**。

- Working out after work is not uncommon.
  在下班後去健身**不是不普遍的**。【比用 **common** 的語氣更弱】

➡ 在下班後去健身**是普遍的**。

🔍 用倒裝句來強調

在正常的句子結構中，主詞和動詞／助動詞的順序是先主詞再動詞／助動詞，而倒裝就是**把主詞和動詞／助動詞的順序互換**，變成「**動詞／助動詞＋主詞**」的順序，這種詞序的改變，就會讓句子產生一種不協調感，這種不協調感就會讓想強調的部分變得更突出、更顯眼，進而達到強調的作用。

① 強調否定意味

句子結構長這樣！ ▪--

表示否定的副詞（片語）＋ Be 動詞／助動詞＋主詞 ~

- Never have I eaten something so delicious!
  我從來沒吃過這麼好吃的東西！

- Hardly can Emily finish her homework by herself.
  艾蜜莉幾乎無法自己完成她的作業。

② 強調地點、方向、程度

句子結構長這樣！ ▪--

表示地點、方向、程度的副詞（片語）＋動詞／助動詞＋主詞 ~

- Next to my house launched a construction project in March.
  我家旁邊在三月份展開了一項建設計畫。

- Into the classroom walked the teacher.
  那個老師走進了那間教室。

- So touching was the movie that I was all tears.
  那部電影太感人，讓我流了很多眼淚。

🗨 用強調句表達強調

想要特別表示出句子裡的某個資訊是重點的時候，就可以用「**It ~ that ~**」句型的強調句，來表達「**不是其他的部分，重點放在~**」的這種感覺。

在這個句型裡，**被強調的部分要放在 Be 動詞之後**，而 Be 動詞可隨著時態變化而改變，特別要注意的是，**被強調的部分只能是名詞（片語／子句）、代名詞或副詞（片語／子句），不能用來強調形容詞或動詞**。另外，如果把強調句句型拿掉，剩下的部分只要**照著正確語順就能重組回完整的句子**。

句子結構長這樣！ ▪---

It＋Be動詞＋被強調的部份＋that/who/which＋句子剩下的部分

➡ It was my dog that/which bit the thief.
是我的狗咬了小偷。【強調是「我的狗」，而不是別人的】

➡ My dog bit the thief.【去掉強調句句型後可重組成完整的句子】

想強調的部分如果是人物，也可以使用 **who** 代替 that，而要強調的是「人以外的事物」時，則可以用 **which** 來代替 that。

- Jerry performed excellently on the stage yesterday.
  傑瑞昨天在舞台上表演得很棒。

➡ It was yesterday that Jerry performed excellently on the stage.
  傑瑞在舞台上表演得很棒（的這件事）是在昨天。【強調 **yesterday**】

➡ It was on the stage that Jerry performed excellently yesterday.
  傑瑞昨天表演得很棒（的這件事）是在舞台上。【強調 **on the stage**】

➡ It was Jerry who/that performed excellently on the stage yesterday.
  昨天在舞台上表演得很棒（的人）是傑瑞。【強調 **Jerry**】

A: On the table are so many fruits.
　桌上有好多水果。

B: Eating fruits and vegetables does help you stay healthy.
　吃水果蔬菜真的會幫助你保持健康。

A: Life is never colorful without good health.
　人生沒有良好的健康就不是彩色的了。

B: That's absolutely true. It is health that is the foundation of our happiness.
　這絕對正確，健康就是我們幸福的基石。

A: Yeah, thank you for being so considerate.
　對啊，感謝你這麼貼心。

自己做

1. It is Miss Lin _____ opened the door.
正是林小姐打開了那扇門。

2. She _____ join the club before.
她之前真的有參加那個社團。

3. On the table _____ a mouse.
在桌上的是一隻老鼠。

4. _____ is that she never goes shopping _____ really surprises me.
是她從不去逛過街的這件事讓我震驚。

解答：1. that/who 2. did 3. is 4. It, that/which

246

疑問句慣用句型

Chapter 3

暖場生活對話 🎧 MP3 97

A: Christmas is coming, isn't it?
聖誕節要到了，不是嗎？

B: Yeah, it's time to give gifts, isn't it?
是啊，是時候送禮物了，不是嗎？

A: Right, but I don't know what my parents want.
是啊，但我不知道我爸媽想要什麼。

B: Your sister lives with them, doesn't she?

Maybe she would know what you should buy.
你姊姊和他們一起住，不是嗎？也許她會知道你該買什麼。

A: You're right.
你説的對。

文法重點

💬 附加問句

像上面對話裡在句尾出現的 isn't it? 和 doesn't she 就叫做**附加問句**，也就是**附加在敘述事實的直述句後面的簡短問句**。附加問句是用前面直述句裡的 Be 動詞或助動詞，再加上與前句中主詞一致的代名詞所組成的一種短問句，這種短問句的目的是為了**尋求對話者的認同或是澄清及確認事實**。

主詞 ⎯⎯⎯⎯⎯⎯⎯⎯⎯⎯⎯ 一致的 Be 動詞＋主格代名詞
<u>Christmas</u> <u>is</u> coming, **isn't it?**
　　　　　　Be 動詞

主詞 ⎯⎯⎯⎯⎯⎯⎯⎯⎯⎯⎯ 一致的助動詞＋主格代名詞
<u>Your sister</u> <u>lives</u> with them, **doesn't she?**
　　　　　　一般動詞

🔎 附加問句的使用方法

① 若前面敘述事實的句子是肯定句，則附加問句要用否定

肯定句　　　　　　　　　否定
You are going to join, **aren't you?**
你打算參加，不是嗎？

肯定句　　　　　　　　　否定
You turned on the TV, **didn't you?**
你打開了電視，不是嗎？

② 若前面敘述事實的句子是否定句，則附加問句要用肯定

否定句　　　　　　　　　　肯定
You are not going to join, **are you?**
你不會參加，是嗎？

否定句　　　　　　　　　　　肯定
Manson didn't eat the pizza, **did he?**
曼森沒有吃那個披薩，是嗎？

③ 雖然前面敘述事實的句子是肯定句，但是句子裡面卻出現了有否定意義的副詞或名詞，例如 **never**（絕不；從來都不～）、**none**（沒有任何人或物）、**neither**（兩者皆非）、**nothing**（沒有任何事）、**nobody**（沒有任何人）、**no one**（沒有人）、**barely**（幾乎不）、**hardly**（幾乎不）、**seldom**（很少）、**rarely**（很少）、**scarcely**（很少）……等字彙，則附加問句要用肯定

帶有否定意義的副詞　　　　　肯定
She seldom goes shopping, **does she?**
她很少去購物，是嗎？

帶有否定意義的名詞　　　　　肯定
Nothing is too complicated, **is it?**
沒有什麼是太過複雜的，是嗎？

帶有否定意義的副詞　　　　　肯定
We hardly did anything fun, **did we?**
我們幾乎沒做什麼好玩的事，是嗎？

🗨 間接問句

我們一般看到的那種，句尾有個問號的句子叫做直接問句，而在英文裡還有一種**被包含在直述句裡的問句**，這種問句就叫做間接問句。

直述句

➡ I don't know.
我不知道。

╋

直接問句

➡ What is his name?
他的名字是什麼？

⬇

被包含在直述句裡的間接問句

➡ I don't know **what his name is**.
我不知道他的名字是什麼。

直接問句可以獨立存在，但是間接問句不能獨立存在，而是把疑問詞疑問句嵌進直述句裡，讓疑問句變成句子的一部分，而這個**間接問句會因此變成一個名詞子句**，在句子裡**扮演著主詞或受詞的角色**。

像上面 I don't know what his name is. 裡的主要子句（也就是直述句）I don't know 的受詞就是間接問句 what his name is。

看到這裡，有沒有發現當疑問詞疑問句 What **is his name**? 被併到直述句裡時，卻變成了 what **his name is**，順序怎麼會改變了呢？

這是因為當疑問詞疑問句被嵌入句子裡的時候，句中的動詞和名詞的順序會互相調換，從「動詞＋主詞」變成了「主詞＋動詞」。

What **is his name?**		what **his name is**
動詞＋主詞		主詞＋動詞

句子結構長這樣！ -

主要子句＋疑問詞＋主詞＋（助動詞）＋動詞

- Please ask Ted why he is here.
  請詢問泰德為什麼他在這裡。

- Do you know where Ted has been?
  你知道泰德曾經去哪嗎？

- Melissa did not know when they came.
  梅麗莎不知道他們是什麼時候來的。

注意！ 上面這個句子是由 Melissa did not know. 和 When did they come? 合併而成的，當疑問詞疑問句中有助動詞 do/does/did 存在，在變成間接問句的時候，必須要先刪去助動詞，再依主詞的人稱、單複數、時態來變化動詞。

- I don't know what ~~does~~ Sam wants.
  我不知道山姆想要什麼。

- Emily doesn't know where ~~does~~ he lives.
  艾蜜莉不知道他住在哪裡

特別要注意的是，當疑問詞疑問句中的**疑問詞＝主詞**的時候，在被嵌入直述句時，間接問句裡**主詞和動詞**的順序不會發生變化，仍然維持「主詞＋動詞」的順序。

直述句

➡ She doesn't know.
她不知道。

直接問句

       S.   V.
➡ **Who did** this to them?
誰對他們做了這件事？

被包含在直述句裡的間接問句

                  S.   V.
➡ She doesn't know **who did** this to them.
她不知道是誰對他們做了這件事。

▲ 仍然維持「主詞＋動詞」的順序！

A: Life is full of challenges, isn't it?
人生就是充滿挑戰，不是嗎？

B: Yeah, and my challenge is to know what Caroline will do after midterms.
是啊，而我的挑戰就是知道凱洛琳在期中考後要做什麼。

A: Oh, you do know she has a boyfriend, don't you?
噢，你該知道她有男朋友，對吧？

B: Does she? I thought she was single.
她有嗎？我以為她是單身。

A: I don't know why you thought that way.
我不知道你為什麼會這麼想。

自己做

1. Ted is a fan of Taylor Swift, _____ _____?
泰德是泰勒絲的粉絲，不是嗎？

2. Melissa doesn't drive home every day, _____ _____?
梅麗莎不是每天開車回家，是嗎？

3. I don't know _____ Max _____ doing.
我不知道麥克斯在做什麼。

4. I wonder who _____ _____ to the wedding.
我想知道誰會去婚禮。

解答：1. isn't he 2. does she 3. what, is 4. will go

附錄

常見的動詞不規則變化

　　許多動詞的過去式、過去分詞都是在字尾加 ed 來規則變化（規則動詞）。但這些動詞卻不同，不依照一定的規則，而是不規則變化的動詞（不規則動詞）。在此整理出不規則動詞的形態變化。

> ①原形、過去式、過去分詞皆相同
> ②原形和過去分詞相同
> ③過去式和過去分詞相同
> ④原形、過去式、過去分詞皆不同

①原形、過去式、過去分詞皆相同

原形	主要字義	過去式	過去分詞	ing形
cost	花費	cost	cost	costing
cut	切	cut	cut	cutting
hit	打	hit	hit	hitting
hurt	弄傷	hurt	hurt	hurting
put	放	put	put	putting
set	設置	set	set	setting
shut	關閉	shut	shut	shutting

②原形和過去分詞相同

原形	主要字義	過去式	過去分詞	ing形
become	變成～	became	become	becoming
come	來	came	come	coming

| overcome | 克服 | overcame | overcome | overcoming |
| run | 跑 | ran | run | running |

③過去式和過去分詞相同

原形	主要字義	過去式	過去分詞	ing形
bring	帶來	brought	brought	bringing
build	興建	built	built	building
buy	購買	bought	bought	buying
catch	捕捉	caught	caught	catching
feed	餵養	fed	fed	feeding
feel	感覺	felt	felt	feeling
fight	戰鬥	fought	fought	fighting
find	發現	found	found	finding
hear	聽見	heard	heard	hearing
hold	抓住、舉辦	held	held	holding
keep	保持	kept	kept	keeping
leave	離開	left	left	leaving
lend	借（出）	lent	lent	lending
lose	失去、失敗	lost	lost	losing
make	製作、讓～	made	made	making
meet	見面	met	met	meeting
pay	支付	paid	paid	paying
read	閱讀	read[rɛd]	read[rɛd]	reading
say	說	said	said	saying
sell	賣	sold	sold	selling
send	傳送	sent	sent	sending
sit	坐	sat	sat	sitting
sleep	睡覺	slept	slept	sleeping
spend	花費	spent	spent	spending
stand	站立	stood	stood	standing
teach	教導	taught	taught	teaching
tell	告訴	told	told	telling

think	思考	thought	thought	thinking
understand	理解	understood	understood	understanding
win	贏	won	won	winning

④原形、過去式、過去分詞皆不同

原形	主要字義	過去式	過去分詞	ing形
begin	開始	began	begun	beginning
break	破壞	broke	broken	breaking
choose	選擇	chose	chosen	choosing
draw	畫	drew	drawn	drawing
drink	喝	drank	drunk	drinking
drive	駕駛	drove	driven	driving
eat	吃	ate	eaten	eating
fall	掉落	fell	fallen	falling
fly	飛翔	flew	flown	flying
forget	忘記	forgot	forgotten/forgot	forgetting
get	得到	got	gotten/got	getting
give	給	gave	given	giving
go	去	went	gone	going
grow	成長	grew	grown	growing
know	知道	knew	known	knowing
lie	躺	lay	lain	lying
rise	上升	rose	risen	rising
see	看	saw	seen	seeing
shake	震動	shook	shaken	shaking
speak	說話	spoke	spoken	speaking
swim	游泳	swam	swum	swimming
take	拿	took	taken	taking
throw	丟	threw	thrown	throwing
wake	醒來、叫醒	woke	woken	waking
wear	附著、穿戴	wore	worn	wearing
write	書寫	wrote	written	writing

台灣廣廈 國際出版集團
Taiwan Mansion International Group

國家圖書館出版品預行編目（CIP）資料

我的第一本英文文法 / Joseph Chen 著. -- 初版. -- 新北市：國
際學村, 2019.01
　　面；　公分
　　ISBN 978-986-454-095-2(平裝)
　　1.英語　2.語法

805.16　　　　　　　　　　　　　　　　　107018571

 國際學村

我的第一本英文文法
分課帶領、融入會話、全面剖析，建立文法藍圖，自學教學都好用！

作　　　者／Joseph Chen

編輯中心編輯長／伍峻宏
編輯／徐淳輔
封面設計／呂佳芳・內頁排版／東豪印刷事業有限公司
製版・印刷・裝訂／東豪・弼聖・明和

行企研發中心總監／陳冠蒨　　線上學習中心總監／陳冠蒨
媒體公關組／陳柔彣　　　　　產品企製組／黃雅鈴
綜合業務組／何欣穎

發　行　人／江媛珍
法　律　顧　問／第一國際法律事務所 余淑杏律師・北辰著作權事務所 蕭雄淋律師
出　　　版／台灣廣廈有聲圖書有限公司
　　　　　　地址：新北市235中和區中山路二段359巷7號2樓
　　　　　　電話：（886）2-2225-5777・傳真：（886）2-2225-8052
讀者服務信箱／cs@booknews.com.tw

代理印務・全球總經銷／知遠文化事業有限公司
　　　　　　地址：新北市222深坑區北深路三段155巷25號5樓
　　　　　　電話：（886）2-2664-8800・傳真：（886）2-2664-8801
郵　政　劃　撥／劃撥帳號：18836722
　　　　　　劃撥戶名：知遠文化事業有限公司（※單次購書金額未達1000元，請另付70元郵資。）

■出版日期：2019年1月
　　　　　　2023年7月5刷

ISBN：978-986-454-095-2
版權所有，未經同意不得重製、轉載、翻印。